R.G. Wardenga

Kurz mal weg!

Kurze Kurzgeschichten für den Urlaub und mehr

BoD- Books on Demand

Norderstedt 2017

Bibliografische Information durch die Deutsche
Nationalbibliothek

Die Deutsche Nationalbibliothek verzeichnet diese
Publikation in der Deutschen Nationalbibliografie;
detaillierte bibliografische Daten sind im Internet über
http://dnb.dnb.de abrufbar.

Herstellung und Verlag:

BoD – Books on Demand, Norderstedt

ISBN 9-78374-4-81689-2

Sylt – Mord unter Deck?

Schweißgebadet wachte Kriminalhauptkommissar Jens Petersen um 7 Uhr auf. „Ulla!", schrie er, „ich habe verschlafen!" Jedoch waren seine Frau Ulla und Tochter Roberta auf Mallorca. „Was wollen die beiden auf Mallorca? Sylt ist die schönste Insel", grummelte Petersen. Es war ein Gewinn für zwei Personen. Sieben Tage Malle mit allem Drum und Dran. „Moin!", rief Petersen in die Runde auf der Wache in Westerland. „Schlecht geschlafen, Herr Kollege?", fragte Kommissar Friedrichsen. „Ach, Ulla ist im Urlaub. Ich habe von einem Mord in List geträumt und dachte, ich hätte verschlafen", so Petersen. „Hier ist doch sowieso nichts los", sagte Praktikant Hannes Hansen kleinlaut. „Irrtum, Herr Oberkommissar in Wartestellung!

Nicht in List ist etwas los, sondern in Munkmarsch. Meine Herren, ab zum Einsatzort!", entgegnete Friedrichsen. Im Hafen von Munkmarsch angekommen, zeigte Kellner Sörensen auf die Motoryacht „Anna Nass". „Der Gast wollte bereits vor dem gestrigen Sturm im Hafen anlegen, nun liegt er bei Ebbe und Flut am Watt. Die Yacht war leicht gekippt und lag nun trocken. „Wie kommen wir nun zu diesem Schiff?", fragte Praktikant Hansen. „Na zu Fuß, Hannes, außerdem ist das kein Schiff sondern eine Yacht. Nun hole die Gummistiefel aus dem Auto", ordnete Kriminalhauptkommissar Jens Petersen an. „Ich habe auch die Leiter mitgebracht!", rief Hannes Hansen stolz. „Aus dir wird noch ein echter Oberkommissar – nach der Wartestellung", lachte Petersen. Auf der Yacht wartete jedoch eine Überraschung. Sie fanden den leblosen Körper von Dirk van Bertram, sein Kopf schwamm in einer Blutlache. Der Tote lag auf dem Bauch. Die Untersuchung begann. „Vergiss die Handschuhe nicht, Hannes!", rief der erfahrene Kommissar Petersen seinem Praktikanten zu. „Hier liegt eine Brieftasche. Der Name des Toten ist Dirk van Bertram. Seltsam, 2500 Euro sind im Scheinfach. Wollte die der Mörder etwa nicht?", wunderte sich Hannes Hansen. „Es muss ja kein Mord sein, Hannes", entgegnete Petersen. „Er wird sich doch nicht selbst einen auf die Mütze gegeben haben!", sagte der Praktikant. „Apropos Mütze, eine Kapitänsmütze lag auf dem Deck", so Petersen. Er rief Dr. Knudsen in Keitum an, um den Toten untersuchen zu lassen. Nach zwei Stunden hatten beide die Yacht auf den Kopf gestellt. Nichts Auffälliges konnten sie finden. „Hannes, hole den Dok aus Keitum ab, er ist jetzt in seiner Praxis", sagte Petersen. „Chef, die Flut ist gekommen. Soll ich das kleine Schiff nehmen?", fragte Hannes Hansen. „Das ist ein Boot, du Tütkopp, ein Schlauchboot mit Motor!", rief Petersen. „Spaß, Chef, war doch nur Spaß!" „Moin, Jens. Was kann ich für dich tun?", fragte Dr. Knudsen. „Ach, ich sehe es schon." Dr. Knudsen drehte den Toten auf den Rücken. „Hier ist ja noch eine Brieftasche zu finden!", rief Hannes Hansen. „Ja, da schau an. Na, der Fall wird wohl sehr einfach zu lösen sein. Herbert Hövel gehört die Brieftasche. Ausweis, Führerschein und 200 Euro sind darin", freute sich Kriminalhauptkommissar Petersen. „War es ein Unfall oder ein Mord, Dok?", fragte der Praktikant. „Es war ein Schlag auf die Schläfe, sucht nach entsprechenden Gegenständen", so der Doktor. „Tja, da haben wir viele Möglichkeiten. Hier liegen Sektflaschen, schwere Bierkrüge, Werkzeuge und sogar ein Toaster herum", der Kommissar fuhr sich durch die Haare. „Es kann ein Unfall gewesen sein, verdächtig ist die zweite Brieftasche", so Petersen weiter. Zurück in der Wache schrieb Kriminalhauptkommissar Jens Petersen seinen Bericht. „… es wurde eine weitere Brieftasche gefunden, mit Ausweispapieren von Herrn Herbert Hövel", murmelte Petersen. „Herbert Hövel?", fragte Kommissar Friedrichsen, der gegenüber saß. „Den haben wir vor zwei Stunden aus einer Bar abgeholt. Er konnte die Zeche nicht bezahlen", so Friedrichsen weiter. „Dann haben wir ein Problem. Vielleicht war es doch ein Unfall", überlegte Petersen. Nachfolgende Recherchen ergaben, dass sich Herbert Hövel und Dirk van Bertram gut kannten. Dirk van Bertram war Diamantenhändler und Herbert Hövel Kurier. Herbert Hövel gab an, nachts noch vor dem Sturm eine Tour durch die Whisky-Meile unternommen zu haben. Nach dem Abendessen in Munkmarsch steckte van Bertram wohl aus Versehen Hövels Brieftasche ein. Hövel konnte seine Aussage belegen und wurde frei gelassen. „Nun, dann wird van Bertram durch den heftigen Seegang im Sturm gestürzt sein. So hat er sich dann wohl die Kopfwunde zugezogen", vermutete Jens Petersen. „Das ist ja wieder ein langweiliger Fall", murmelte Praktikant Hannes Hansen. „Auf keinem der Gegenstände sind Spuren zu finden", sagte der Doktor, der seinen Bericht abgeben wollte. „Aber von so vielen Flaschen Rum und Champagner bin ich ganz besurpen, nehmt bloß keine Blutprobe bei mir!", lachte er. „Wenn Sie wieder nüchtern sind, dann sagen Sie, ob Ihnen sonst nichts aufgefallen ist", sagte Friedrichsen. „Wenn Sie so fragen, eine Gürtelschlaufe ist gerissen. Aber das wird wohl nicht wichtig sein, obwohl, es ist eine Qualitätshose von Boss", ergänzte Knudsen. „Hannes, zeige noch einmal die Brieftasche vom Opfer!", rief Petersen. „Schaut einmal, hier ist eine Öse, es könnte eine Kette angebracht gewesen sein", so Petersen weiter. „Genau, und diese ist an der Gürtelschlaufe befestigt gewesen", überlegte Dr. Knudsen. „Dann sucht die Kette!", ordnete Friedrichsen an. Die Yacht lag im Hafen von Munkmarsch. Kriminalhauptkommissar Jens Petersen und Praktikant Hannes Hansen zerlegten nun alles. „Was vermuten Sie, Chef?", fragte Hansen. „Nun, entweder wollte der Tote seine Brieftasche mit einer Kette sichern oder es war etwas an der Kette, was abgerissen wurde", sagte Petersen. „Finden wir die Kette, dann ist der Fall abgeschlossen und du hast pünktlich Feierabend!" „Boa, das ist ja Luxus pur, der LED-Fernseher verschwindet auf Knopfdruck hinter eine Wand!", rief Hannes. „Und? Suche weiter!", rief Petersen. „Ja, dieses Bild müsste eigentlich dort hängen, hier ist der Haken zum Aufhängen", staunte Hannes Hansen. „Chef, da ist ein Tresor hinter dem Fernseher!", schrie der Praktikant. Am Tresor war ein Schlüssel eingesteckt. Am Schlüssel hing eine Kette. Es war die gesuchte Kette. Jetzt war es wahrscheinlicher, dass es sich doch um Mord handelte. Die Kette mit Schlüssel könnte bei einem Kampf abgerissen worden sein.

„Diamanten, 2.500 Euro in der Brieftasche, Alibis, hier stimmt doch etwas nicht", analysierte Jens Petersen. Petersen ordnete die Überwachung von Herbert Hövel an. Der tourte immer noch in der Whisky-Meile umher. Jetzt war er in ständiger Begleitung eines jungen Mannes. „Das ist alles sehr verdächtig. Lasst uns Undercover arbeiten", sagte Petersen auf der Wache. „Ich erledige das!", rief Praktikant Hannes Hansen. „Na, dann zeig mal, was du kannst, Herr Oberkommissar in Wartestellung", sagte Kommissar Friedrichsen. In der Bar wartete Hansen bis Herbert Hövel abgefüllt war. Dann kam die Gelegenheit, um mit Hövels Begleiter Kontakt aufzunehmen. Beide schwärmten für Ferrari, Rolex und Frauen. „Ich bin der Siggi. Lass uns noch einen heben, mein Vater ist ja schon fertig mit der Welt!", sagte Siggi Hövel, dessen Name ja nun

bekannt wurde. „Ja, eine Rolex hätte ich auch gern",
schwärmte Hannes Hansen. „Die kann ich alle kaufen, alle!
Schau her, ein ganzes Säckchen Diamanten. Mein Vater und
ich handeln damit. Uns gehört die Welt!", ritt sich Siggi in
die Falle. Noch in der gleichen Stunde wurden Vater und
Sohn Hövel festgenommen. Beide gestanden, die
Geschichte vorgetäuscht zu haben, um an die Diamanten zu
kommen. Was interessieren 2.500 Euro, die Diamanten
hatten einen Wert von einer Million. Siggi Hövel erschlug
Dirk van Bertram und raubte die Diamanten. Die Tatwaffe,
ein Flasche Rum, warf er über Bord. Der Fall war gelöst.
„Endlich einmal Action!", rief Praktikant Hannes Hansen.

Der Spaßvogel

Er kennt jeden Bürger und jeden Winkel in der Stadt. Jedes
Ereignis ist ihm sofort bekannt. Sie nennen ihn den
Spaßvogel in der Stadt. Niemand weiß, wo er wohnt. Keiner
weiß, wer er ist. Alle wissen... nichts. Überall da, wo Hilfe
gebraucht wird, da ist er sofort an Ort und Stelle. Aber
heute ist nichts so wie bisher. Eine große Unruhe
verbreitete sich in der Stadt. Nach tagelangen Regenfällen
weichte in der Innenstadt ein Gehweg auf. Es entstand ein
riesiges Loch. Für ein kleines Kind natürlich sehr gefährlich.
Die dreijährige Anna lief verträumt über den Gehweg. Etwa
5 Meter weiter ging ihre Mutter. Plötzlich war Anna
verschwunden. Sie rief immer wieder ihre Tochter. Aber
Anna war verschwunden. Das riesige Loch hatte das Kind

einfach verschluckt. Die Unruhe war groß. Einige rannten aus Angst und Feigheit einfach weg. Andere blieben stehen und schauten nur neugierig. Und wieder andere holten Hilfe. Die Feuerwehr kam. Sie wusste nicht, wie sie helfen sollte. Stunden der Angst machten sich breit. Die Feuerwehr versuchte mit langen Leitern, die sie über das Loch legte, die Einbruchstelle zu sichern. Es wurde kritisch, denn die Erde bröckelte immer weiter. Ein Feuerwehrmann legte sich auf den Bauch und robbte über das Loch. Aber er sah nichts. Der Spaßvogel sah das Geschehen aus der Ferne. Er war starr vor Angst um Anna. Jetzt ging er zu den Feuerwehrmännern, wollte ihnen etwas sagen und gab ihnen einen Tipp. „Sind sie etwa der Spaßvogel?", meinte der Feuerwehrmann und stieß ihn einfach zur Seite. Es wurde beratschlagt darüber, ob und wie man helfen konnte. Scheinbar entmutigt verließ der Spaßvogel den Unfallort. So schnell wie möglich eilte er an das Ende der Stadt. Hier stieg er in einen alten stillgelegten Schacht. Ohne weiter nachzudenken robbte er sich durch die Rohre. Er kroch und rutschte, stieß alte Gitter auf. Er kannte sich sehr gut aus, als wenn er hier zu Hause sein würde. Da hinten sah er etwas. Da bewegte sich etwas. Er vernahm ein leises Wimmern: „Mami, Mami." Schnell nahm der Spaßvogel sie in den Arm. In diesem Augenblick, brach weitere Erde ein. „Komm', wir spielen ein Spiel, Anna! Wer zuerst durch den Tunnel kriechen kann, gewinnt ein großes Eis!", rief der Spaßvogel. Anna kroch los, der Spaßvogel robbte nach. Mittlerweile wurde die Unfallstelle weiter gesichert. Ein Feuerwehrmann ließ sich in das nun riesige

Loch abseilen. Es war dunkel und gefräßig, die Gebete ringsherum wurden mehr. Plötzlich von weitem dieses erleichternde Rufen: „Mama, Mama!" Der Spaßvogel hatte Anna auf den Schultern. Applaus, ein Jubeln, ein Umarmen, frohe Gesichter. Man rief: „Unser Spaßvogel ist ein Lebensretter! Er ist unser Held!"

Bei der späteren Befragung stellte sich heraus, dass der Großvater und der Vater, vom, jetzt nennen wir ihn nicht mehr Spaßvogel, sondern Lebensretter, am Aufbau und der Planung der Stadtkanalisation beteiligt waren. Vater Dipl. Ing. Karl Krüger nahm seinen Sohn Willy oft mit zur Baustelle. Der kleine Willy kroch durch alle Rohre, er kannte sich somit gut aus. Die Stadtverwaltung stellte Willy Krüger, unseren Lebensretter, als Bauleiter ein. Das Leben des Spaßvogels änderte sich nun, aber Spaß und Freude vermittelt er seinen Mitmenschen immer noch.

Mord in London

Einsam lief sie durch die Straßen von London. Jane war eine aufgeschlossene, junge Frau, die für ihr Alter von 25 Jahren schon einiges hinter sich gebracht hatte. Sie studierte Physik und war auf dem Weg zu ihrer kleinen Kellerwohnung im Herzen der Londoner East-Ends. Einst wurde diese Straße gebaut, um die große Anzahl von Seidenwebern unterbringen zu können. Heute ist diese Straße das Zentrum der wachsenden Industrie. Jane

McNeal lief langsam. Die Straße zu ihrer Wohnung war schlecht beleuchtet und das alte Pflaster lud zum Stolpern ein. Plötzlich hörte sie hinter sich Schritte. Erst gemächlich, dann immer kraftvoller und schneller. Jane bekam Angst. Sie drehte sich um, aber nichts war zu sehen. Sie ging weiter, aber die Angst saß ihr im Nacken. Plötzlich ein dumpfer Schlag, ein leises Aufstöhnen und Jane lag in ihrer Blutlache. Durch diesen Schlag auf den Schädel war sie sofort tot. Die Schritte des Täters verhallten in der Dunkelheit und er verschwand ungesehen.

Inspektor Dennis Hopkins war gerade dabei seinen morgendlichen, starken Kaffee in seinem Büro zu trinken, als ihm die Meldung vom Mord des jungen Mädchens auf den Schreibtisch flatterte. Sein Assistent Jim Laurel und er machten sich auf den Weg zum Tatort. Hopkins hatte kaum geschlafen. Probleme mit seiner Frau raubten ihm den letzten Nerv. Nach so vielen Jahren Ehe nicht verwunderlich, denn seine Frau ist älter als er und hat kein Verständnis, wenn er ständig nur im Büro sitzt und irgendwelche Fälle durchkaut, die nicht gelöst wurden. Jane McNeal lag in ihrem Blut, eine junge Frau, die voller Tatendrang und Lebensmut war. Heimtückisch von hinten erschlagen. Hopkins war entsetzt, er hatte schon viel im Laufe seiner Zeit als Inspektor gesehen, aber da blieb ihm die Luft weg. Er musste wegschauen, denn es war mehr als grausam. Der Schädel des Mädchens war total zertrümmert, sodass die Gehirnmasse austrat. „Bitte sichern sie den Tatort und suchen sie nach Hinweisen, die eventuell auf den Täter schließen könnten.", sagte Dennis Hopkins. Der Inspektor war schneeweiß im Gesicht als er in seinen fünfzehn Jahre alten Mini Cooper einstieg. Er hing an dem Auto und wollte ihn solange fahren, bis er letztlich komplett auseinander fallen würde. Er konnte einfach nicht glauben, was er gerade gesehen hatte. Ausgerechnet Hopkins lebte mit seiner Frau in der Fournier Street in London, wo Jack the Ripper im 19. Jahrhundert sein Unwesen getrieben haben soll. Eigenartig war es schon. Die ganze Nacht hindurch grübelte er über diesen Fall nach. Am folgenden Morgen im Büro beauftragte er Jim Laurel herauszubekommen, wo das Mädchen wohnte, was es machte und wer mit ihr Kontakt hatte. Die Obduktion der Leiche ergab, dass der Täter brutal vorgegangen war. Hinterrücks erschlug er sie mit einer Eisenstange. Demnach zu urteilen, wie der Schädel aufgeplatzt war, muss es ein Gegenstand aus Eisen gewesen sein. Hopkins war fassungslos. So ein brutales Vorgehen ist ihm in seiner ganzen Laufbahn als Kriminaloberinspektor noch nicht untergekommen. Wer war der Täter? Wie sah er aus? Wo war er zu finden? So schnell wie möglich musste dieses Monster gefasst werden.

Vorsichtig klopfte Jim Laurel um die Mittagszeit an die Bürotür seines Chefs, denn dieser hatte die Angewohnheit, um diese Zeit in seinem Sessel ein Nickerchen zu machen. Hopkins rief: „Herein! Kommen sie endlich rein Jim." Laurel trat ein und platze auch direkt heraus mit den Informationen. Jane McNeal war Studentin, ledig, wohnte ganz allein, hatte aber einige Studienbekanntschaften und ging regelmäßig in die Kirche. Pater Tom Watson nahm ihr regelmäßig die Beichte ab. Sie war in einem sehr konservativen Elternhaus aufgewachsen. Alle gingen dort in die Kirche. Das Beichten gehörte dazu. Dennis Hopkins wurde ungehalten und ranzte Laurel an: „Schön und gut, mehr haben sie nicht herausbekommen?" Jim antwortete: „Nein, fürs Erste ist es das. Aber ich bleibe dran und werde sie informieren, sobald ich mehr in Erfahrung gebracht habe." Hopkins entschuldigte sich für seinen schroffen Tonfall und sagte: „Dieser Mord geht an die Grenze meines klaren Verstandes. Da ich sowieso in ein paar Wochen in Rente gehe, werde ich mich sofort nach Aufklärung des Falles zur Ruhe setzen." Laurel konnte Hopkins in dieser Hinsicht verstehen. „Wissen Sie eigentlich Jim, dass sie mein Nachfolger werden?", sprach Dennis Hopkins. Ungläubig schüttelte Laurel den Kopf und stotterte: „Neeein? Ich dachte es..." Mit einem Grinsen im Gesicht sagte Hopkins darauf: „Ach Mensch, wenn sie schon anfangen zu denken."

Das Telefon klingelte. Die Pathologie meldete sich mit einer interessanten Neuigkeit. Der Gegenstand mit dem Jane erschlagen wurde, muss eine spitze, lange Unterkante gehabt haben. Nicht, wie man erst vermutete eine Eisenstange, sondern eher eine Tatwaffe aus Holz. Das hilft wohl auch nicht direkt weiter, aber immerhin besser als nichts, meinte Hopkins. Laurel fand noch ein paar Tage später heraus, dass Jane kaum Freunde hatte, da sie sich total in ihrer Wohnung nach den Vorlesungen einigelte. Was wohl auffällig war, dass sie einmal in der Woche zum Beichten ging. Einer Nachbarin fiel auf, dass das Mädchen sehr blass war und ständig mit dem Blick nach unten einherging. Dennis Hopkins hörte sich an, was Jim zu sagen hatte und legte den Hörer auf. Der Inspektor und sein Assistent besprachen Pater Tom Watson mal einen Besuch abzustatten. Watson lebte sehr zurückgezogen auf einem alten Landsitz. Er hatte niemanden. Inspektor Hopkins und sein Assistent Jim Laurel bekamen die Informationen vom örtlichen Pfarramt. „Aber was soll Watson schon für Informationen haben? Was weiß er schon?", spekulierte der Inspektor.

Am Tag darauf fuhren Beide zum Landsitz des Paters. Watson war ein untersetzter, kleiner Mann. Lief ständig mit gefalteten Händen herum. Eigentlich eine nichtssagende Gestalt. Das alte Haus indem Watson lebte, war alt und hatte schon fast etwas Unheimliches. Die Beamten klopften an und baten mit dem Pater sprechen zu können. Tom Watson bat sie herein und fragte: „Was kann ich für sie tun?" Er war offensichtlich sehr nervös, was den Kriminalbeamten sofort auffiel. „Nun mal ganz sachte. Wir haben ein paar Fragen. Wissen sie eigentlich, dass Jane McNeal, eine Studentin, die regelmäßig von ihnen die Beichte abgenommen bekam, ermordet wurde?", sagte Laurel. Watson stotterte: „Nein..." Kaum unauffällig benahm sich der Pater. Hopkins und Laurel hatten vorläufig keine Fragen mehr und verabschiedeten sich erst mal höflich. Im Auto sagte Dennis Hopkins: „Ich kann mir nicht helfen Jim, aber irgendwie kommt mit der Pater verdächtig vor.", Jim antwortete: „Den Eindruck hatte ich auch. Aber was können wir ihm vorhalten? Angeblich war er immer hier in seinem Haus." Beide waren sich sicher, hier würde etwas nicht stimmen. Laurel und Hopkins machten Feierabend, denn das was beide dachten, wollten sie vorläufig für sich behalten. Es konnte einfach nicht sein.

Am nächsten Tag flatterten neue Untersuchungsergebnisse dem Inspektor auf dem Schreibtisch. Seine Laune war genau so mies wie das Wetter in London. McNeal wurde nicht brutal erschlagen, sondern auch noch vergewaltigt. Warum musste ein junger Mensch sterben, damit ein Perverser sein Vergnügen hatte? Jim Laurel hatte keine neuen Erkenntnisse. Dennis Hopkins grübelte über seine Pension nach. Sollte wieder ein Fall als ungelöst auf seinem Schreibtisch landen? Nein, das durfte nicht sein, nicht dieser grausame Mord. Er musste noch, bevor er ging, den Mörder finden. Laurel und Hopkins besprachen das weitere Vorgehen. Keine Zeugen, keine Freunde des Mädchens. Was blieb da noch? Pater Watson? „Um Gottes Willen, das kann nicht sein...", dachte Jim. Am anderen Tag besuchten die beiden Beamten noch einmal Pater Watson, aber sie kamen nicht weiter. Wieder im Büro angekommen lag eine Nachricht für Hopkins auf dem Schreibtisch. Die Pathologie hatte sich noch einmal gemeldet. In den Resten des Schädels von Jane McNeal befand sich ein etwas dickerer Holzsplitter älteren Datums. Das heißt, die Tatwaffe muss aus Holz gewesen sein. Das Holz selbst ist, so unglaublich es klingen mag, auf das 16. Jahrhundert datiert worden.

Hopkins schoss etwas durch den Kopf, was er aber sofort wieder verwarf. „Nein, das geht nicht.", dachte er. Tom Watson hielt gerade eine Messe als Hopkins und Laurel in die Kirche traten und sich hinten auf die Kirchbank setzten. Alles wurde still. Aber die Beamten blieben sitzen und sagten kein Ton. Pater Watson wurde sichtlich nervös als er beide sah. Unauffällig leierte er seine Predigt herunter und setzte sich dann auf die hintere Bank zu den Polizisten. Wieder einmal verlief das Gespräch ergebnislos und die beiden Beamten wussten wirklich keinen Rat mehr.

Im Büro angekommen analysierten beide noch einmal den Fall. Hopkins sprach: „Jim, lass uns mal ganz logisch und cool an die Sache herangehen." Jim antwortete verwirrt: „Wie meinst du das?" Hopkins erklärt: „Hast du in der Kirche das Kreuz gesehen, was über dem Altar hing? Ist dir denn nichts aufgefallen? Das Kreuz sah ganz schön ramponiert aus. Da fehlte ein gehöriges Stück." Hopkins rief in der Pathologie an und forderte schnellstmöglich die Lieferung des Holzstückes zu seinem Büro an. Seine Frau rief ausgerechnet jetzt an und machte ihm eine Szene am Telefon, dass er schon wieder so lange im Büro bleibe. Dennis wurde sauer. „Was denkst du denn, was ich hier mache verdammt nochmal? Ein junges Mädchen ist auf brutalste Weise ermordet worden und du keifst mich an! Nein, ich bleibe hier im Büro bis ich Klarheit habe. Wenigstens diesen Fall muss ich noch zu Ende bringen, bevor ich in Pension gehe.", sprach Watson zu seiner Frau. Damit war für ihn das Gespräch beendet. Inspektor Hopkins schlief vor Übermüdung an seinem Schreibtisch ein. „Hallo Dennis, guten Morgen.", rief Laurel. Hopkins schreckte hoch. „Jim, du glaubst nicht, welche Entdeckung ich heute Nacht gemacht habe.", sagte Hopkins. Dennis fuhr fort: „Du erinnerst dich an das Kreuz aus der Kirche? Das Stück Holz was dort fehlt, könnte das Teil aus der Pathologie sein. Wir nehmen das Holzstück jetzt mit zu Watson." Sie fuhren los. Bis zum Wohnhaus des Paters waren es wenige Kilometer. Watson war zu Hause. Er sah die beiden Polizisten und machte bereitwillig die Tür seines Landhauses auf. Der Pater glaubte immer noch mit einem blauen Auge davon zu kommen. Er war sich seiner Sache sicher. „Der Tod des Mädchens trat zwischen 14 und 16 Uhr am Nachmittag ein. Um diese Zeit sind sie nicht in der Kirche oder ihrem Haus gewesen. Das ergaben unsere Nachforschungen.", erklärte Hopkins. „Schön und gut, aber was wollen sie damit sagen?", fragte Watson. „Wir brauchen ein Alibi, lieber Pater. Wo waren sie? Außerdem ergab die Untersuchung der Leiche, dass Jane McNeal vergewaltigt wurde. Das Holzkreuz in der Kirche ist an der Unterseite zersplittert. Genau dieses Stück was dort fehlt, steckte im Kopf des Mädchens. Was sagen sie dazu, Watson? Jetzt bringt leugnen nichts mehr.", sprach Hopkins. Erschrocken antwortete der Pater: „Ich.., ich... habe mit dem Mord nichts zu tun!" Er zögerte, aber fing schließlich an und erklärte, dass er Jane einmal in der Woche die Beichte abnahm. „Sie war attraktiv, auch für mich. Dann musste ich ihr einfach nachgehen, erschlug sie von hinten und vergewaltigte sie danach. Bitte nehmen sich mich fest, was ich tat war des Teufels. Ich will nicht mehr leben.", gestand.

Jim Laurel rannte aus dem Haus, er musste sich übergeben. Das war zu viel für ihn.

Pater Tom Watson wurde lebenslänglich eingesperrt und starb im Alter von 80 Jahren.

Knockout

Die fünfte Runde brach an. Toni hatte schon mehrere Treffer hinnehmen müssen. Irgendwie war Baxxter übermächtig. Dabei hatte Toni wirklich viel trainiert. 42 Sekunden sind schon wieder vorbei. Linda, seine Frau konnte es kommen sehen. Sie saß genau hinter den Ringrichtern. Eine schwere linke, traf Toni. Knockout. Von Beginn des Kampfes an, sah Linda alles wie in Zeitlupe. Sie sah ihren Mann Toni an und wusste, dass etwas nicht stimmen würde. Sonst tänzelte er immer im Ring, blinzelte ihr zu. Jetzt ein starrer Blick. Toni war von Kindheit an ein ehrgeiziger und fleißiger Boxer. Schon im Kindesalter kannten sie sich. Mit 17 verliebten sich beide ineinander und hatten großartige Träume. Linda begann eine Ausbildung in einer Bäckerei. Tonis Leidenschaft war immer an alten Motoren herumzuschrauben. Eine Ausbildung wollte Toni nicht machen, denn er wollte sofort das große Geld verdienen. Er wollte seiner Linda einiges bieten können. Er nahm auf dem nahegelegenen Schrottplatz einen Job an, und konnte somit seiner Leidenschaft nachgehen. Gutes Geld machte er damit zwar nicht, aber privat Autos reparieren, brachte gute Nebeneinkünfte.

Toni hatte einen durchtrainierten Körper. Eine V- Figur, breite Schultern und ordentlich Muskelmasse. wie gesagt, mit 12 Jahren begann er, mit dem Boxen. Er war sehr erfolgreich. Je höher die Gewichtsklasse, umso härter wurden die Kämpfe. Linda bat Toni immer und immer wieder, lieber eine Ausbildung zu machen. Wir können dann besser sparen und uns Rücklagen schaffen für das, was wir uns erträumt haben. Beide hatten eine kleine Wohnung, ein liebevoll eingerichtetes Wohnzimmer und ein verspieltes Schlafzimmer, welches sie ihre Spielwiese nannten. Für Linda war es das Paradies. Und jetzt? Jetzt sah sie Toni, wie in Zeitlupe zu Boden fallen. Alles ging ihr nun durch den Kopf. Toni erhielt hohe Preisgelder. Aus der kleinen Wohnung wurde ein prachtvolles Haus. Zwei Sportwagen für Toni. Luxus-Kleider für Linda. Sie war eine Frau, die sich vom großen Geld verführen ließ. Aber war es das wert? Tonis Körper fiel immer weiter zu Boden, immer weiter. „Was nutzt uns der Luxus, wenn meinem Mann etwas zustößt.", dachte Linda. „Mein Gott, ich will alles wieder eintauschen", schrie sie über die Ringrichter hinweg. Sie rannte los. Tonis Körper fiel hart zu Boden. Man hörte nur ein Knacken. Linda wollte in den Boxring, aber der Trainer hielt sie von dort fern. Auch er hörte das Knacken. Der Trainer schrie: „Er darf nicht berührt werden." Die Ambulanz trat ein und die Dinge nahmen ihren Lauf. Heute sind Linda und Toni immer noch ein Paar und beide haben eine Tochter. Linda übernahm die Bäckerei. Inhaber Gerd Rot verkaufte sie aus Altersgründen. Über dem Eingang hängt weiterhin das Schild mit der Aufschrift „Gutes Brot gibt es bei Rot". Toni hilft oft aus, so gut es geht. Er sitzt zwar im Rollstuhl, aber er lebt.

Ein Gruß aus dem Nichts

Hannelores Tagebuch:

„Ach, was soll ich sagen, seit 45 Jahren beobachte ich den Himmel. Jetzt werden langsam meine Augen schwach. Alle in der Familie habe ich mit diesem Virus angesteckt. Ist da etwas? Werden wir beobachtet? Sind wir alleine im Weltall? Jetzt möchte ich langsam meine Station hier in Bayern schließen. Morgen um 5 Uhr in der Frühe, kurz vor Sonnenuntergang, möchte ich noch einer eigenartigen Erscheinung nachgehen. Gute Nacht."

Um 5 Uhr saß Hannelore wieder vor ihrem Teleskop. Ihr Mann schlief noch und die Kinder waren schon aus dem Haus gezogen. Da war er wieder. Ein kurzer, heller Lichtpunkt. Gut, das Flackern kommt durch die Atmosphäre, aber das Licht war vor einiger Zeit noch nicht zu sehen. Vor 40 Jahren schon gar nicht. Hannelore hatte immer gute Gedanken. Ob das der Schlüssel zu den weiteren Ereignissen war? Sie schaute durch das Fernrohr, das Licht kam dicht auf sie zu. Plötzlich berührte sie jemand an der Schulter. War es ihr Mann? Nein, es war ein Lichtwesen. Eine schwebende, kugelförmige Form in vielen Farben im Inneren. Hannelore erschrak, nicht unbedingt solch eine Begegnung hatte sie sich gewünscht. Gut, vielleicht in anderer Form, sie hätte dann gerne einen Kaffee angeboten. Gerade wollte Hannelore eine Frage stellen. Soweit kam es einfach nicht. Da war die Antwort schon in ihrem Kopf. Auch weitere Fragen, wurden geklärt.

„Wir kommen vom äußeren Kreis des Universums. Wir existieren am längsten im Universum. Neid, Kriege und Eifersucht, das haben wir alles überwunden. Wir kommen und gehen durch die Schwarzen Löcher. Wir sind eine untrennbare Energie, jeder von uns. Wir kommen aus der anderen, besseren Dimension. Wir benötigen nur wenige Schritte zu euch und anderen Lebewesen. Wir bewegen uns mit Bega. Das ist sozusagen die Hier und Sofort-Geschwindigkeit. Wir sind zu dir gekommen, um dir zu sagen, es gibt Wichtigeres als Geld, Macht, Eifersucht und Kriege. Komm' einmal mit uns, wir zeigen dir den Kosmos. Entstehende Sonnen, riesige Sternhaufen, gewaltige bunte Wolken. Glaub uns, es ist faszinierend. Du bist unter Freunden, alle Fragen werden beantwortet. Du erkennst die wahre Liebe und Wärme."

Hannelore überlegte nicht lange, weckte ihren Mann. Schrieb eine Nachricht und legte den Brief auf den Tisch.

„Ihr lieben, wir sind unterwegs, wartet nicht mit dem Essen auf uns. Wir melden uns irgendwann und sind immer bei euch. In Liebe, Eure Eltern."

Mission BIG BANG

Das Raumschiff KOLOSSEUS 5000 ist eines der letzten Raumschiffe der Erde, das mit modernster Technik ausgestattet ist und das Universum erforscht. Erdbewohner gibt es seit mehr als 10.000 Jahren nicht mehr. Der letzte Stand der Technik ist die anderthalbfache Lichtgeschwindigkeit gewesen, sowie ein Lichtstrahl-Abwehrsystem mit 100 Strahlenkanonen rund um das riesige Raumschiff. Dies dient nun wirklich nur der Verteidigung. Das haben zwar die letzten Staaten auch gesagt, bevor es zum finalen Atomkrieg kam, aber die Besatzung der KOLOSSEUS ist sich dessen bewusst. Das Raumschiff soll nur der Wissenschaft und Forschung dienen. Trotz der gewaltigen Ausmaße, mit den fünfzehn Kilometern Länge, erreicht es mittlerweile die 20-fache Lichtgeschwindigkeit. Das Raumschiff ist nach dem superschnellen Computer KOLOSSEUS 01 benannt. Er ermittelt bei dieser hohen Reisegeschwindigkeit die genaue Route, eine Kollision mit Materie im Weltraum ist so unmöglich. Einzelne Atome werden aber eingesammelt und verwertet. Über Generationen hinweg fliegt das Raumschiff nun bereits zum Erkundungsort, dem Beginn allen Seins, aller Materie, allen Lebens: DEM URKNALL. Die einzelnen

Raumschiffe, die damals in den Weltraum gestartet sind, wurden mit unterschiedlichen Aufträgen in eine nicht bekannte Zukunft geschickt. ROMEUS 4 ist auf den Weg zum letzten Stern des gesamten Universums geschickt worden. Kommt außerhalb des Weltalls nichts mehr? Das war die Frage. Andere Raumschiffe sollen Planeten finden, damit die Menschheit überleben kann.

„Kapitän, die Signale des Urknall-Rauschens nehmen zu, wir können nun eindeutig sagen, aus welcher Richtung sie kommen!", sagte der Wissenschaftsingenieur Jack Taylor.

„Kurs setzen, Jack! Dann treffen wir uns zur Lagebesprechung im Freizeitraum", so Kapitän Brümmer. Die verantwortlichen Besatzungsmitglieder jeder Gruppe trafen sich im Freizeitraum, alle anderen hörten über Bordfunk die neusten Erkenntnisse mit. Jeder im Raumschiff hatte das gleiche Mitspracherecht, ob die Küchenmannschaft, das Reinigungspersonal oder die Wissenschaftsingenieure – jede Gruppe entsandte einen Vertreter zur Lagebesprechung. „Kapitän an Besatzung!", ertönte es aus den Lautsprechern. „Wir sind nun in der fünften Generation auf dem Raumschiff KOLOSSEUS 5000. Eine große Familie sind wir geworden. Unsere Vorfahren auf diesem Schiff erhielten die Aufgabe, nach dem Urknall zu suchen. Viele Theorien sind entwickelt worden. Wir sind nun die Generation, die das große Rätsel lösen könnte. Was wird uns erwarten? Ingenieur Peter Müller vertritt die Meinung, dass der Urknall eine Überhitzung in einem anderen Parallel-Universum sei. Sozusagen, ein Loch im

Raum, welches immer noch aktiv ist. Das würde bedeuten, dass uns eine gewaltige Strahlung entgegen kommt, zwar abgeschwächt, aber noch aktiv. Die Wissenschaftler Cliff Owens und Claudia Steiner sind dagegen der Meinung, dass der Urknall eine einmalige Sache war und längst zum Abschluss kam. Und das Millisekunden nach dem Knall. Das würde bedeuten, dass wir in einen leeren Raum bis zum Anfangspunkt hinein fliegen. Wir wissen nicht was uns erwartet, aber wir werden nun auf Höchstgeschwindigkeit gehen und in Richtung des Anfangspunktes des Universum Kurs halten!" Die gesamte Mannschaft versetzte sich in Kälteschlaf und raste mit Höchstgeschwindigkeit auf den Mittelpunkt des Universums zu. Je näher sie zum Anfangspunkt kamen, umso vielfarbiger wurde der Weltraum. Sterne und Planeten gab es immer weniger, stattdessen farbige Wolken und Schleier. Immer tiefer stieß die KOLOSSEUS vor, immer näher und näher zum Mittelpunkt.

Auf der anderen Seite des Universums flog die ROMEUS 4 ebenfalls in eine ungewisse Zukunft. Hier verkündete Kapitän Steve Wagener: „Hier spricht Ihr Kapitän. Wir sind nun lange unterwegs. Unsere Vorfahren haben uns den Weg geebnet um zum äußersten Stern des gesamten Universums zu gelangen. Was wird uns erwarten? Gibt es nach dem äußersten Stern überhaupt Raum? Wird der Raum durch die Ausdehnung erst geboren? Oder knallen wir gegen eine Hülle, als seien wir in einem riesigen

Luftballon? Wir werden es erfahren, demnächst haben wir den letzten Stern erreicht."

Auch die Mannschaft der ROMEUS 4 versetzte sich in Tiefschlaf und flog mit Höchstgeschwindigkeit auf den äußersten Stern des Universums zu. Je näher sie zum Endpunkt kamen, umso dunkler wurde der Weltraum. Sterne und Planeten gab es immer weniger, stattdessen dunkle Wolken und Schleier. Immer tiefer stieß die ROMEUS vor, immer näher zum Endpunkt.

Die Mannschaften erwachten. Die Wolken und Schleier, in die die KOLOSSEUS flog, wurden weniger, ebenso wie bei der ROMEUS. „Kapitän!", schrie Steuermann Wilsen vom Raumschiff KOLOSSEUS. „Schiff voraus!" Die KOLOSSEUS 5000 flog direkt auf die ROMEUS 4 zu.

Die Unendlichkeit des Weltalls ist nun wirklich Unendlich!

Drei nette ältere Herren

Es ist Freitag. Wie an jedem Freitag, treffen sich Karl, Ernst und Willi zu ihrer Männerrunde im Restaurant. Es wird Kaffee getrunken und geklönt über Gott und die Welt. „Mein Sohn hat sich ein Trecking-Rad gekauft, das ist ja ganz etwas anderes als ein Mountainbike!", sagt Willi. „Willi, ich fahre noch mit der alten Drei-Gang- Schaltung. Erzähl', wie läuft das Rad denn so?", fragt Ernst. Und so gingen die Gespräche weiter, vom Fahrrad über den gestern gesehenen Film, bis zu Fußball. Karl, Ernst und Willi sind auch ausgesprochenen Fans dieser Sportart. Nun ja, eigentlich tut dies alles nichts zur Sache. Es wäre auch irgendwie langweilig. Die drei Männer kommen immer mit dem Bus zum Restaurant. „Lass' uns Omi 32 nehmen, dann geht es schon mit unseren Gesprächen sofort los.", schlug Karl vor vielen Jahren vor. Karl meinte damit die Linie 32 im gelben Omnibus. Er stieg zuerst ein. An der Luisenstraße stieg Ernst dazu. Zuletzt Willi an der Ecke Bismarckstraße/ Ernst Becker Weg. Gegen 12 Uhr 30 beenden die Herren ihre Runde. 3 Mal das kleine Frühstück, ein Mettbrötchen für jeden extra und viel Kaffee sind vertilgt. Würden sie das große Frühstück nehmen, so könnten sogar noch etwas einsparen. Aber egal, wie gesagt, es tut nichts zur Sache. Der Omnibus der Linie32 in Gelb mit der Werbeaufschrift der Konditorei Meiering und Mehlmann kam pünktlich, wie immer. Aber auch wie immer waren Karl, Ernst und Willi die einzigen Fahrgäste. Busfahrer Kurt wird schon lange per „du" begrüßt. Außerhalb des Ortes geht es bergauf. Rechts geht es einen Hang hinunter, bis zu einer grünen Wiese. Am Ende eine Baumreihe säumt die schöne Allee zum Weckenberg. Karl, Ernst und Willi plauderten gerade über die Einbruchsserie im Dorf. „Gert Hoffmann muss einfach mehr auf Streife gehen.", sagt Willi, „früher gab es das nicht!"… „Ja, früher.", sagt Ernst. In diesem Augenblick gab es einen gewaltigen Knall. Ein Reifen platzte. Der Bus kam von der Straße ab, holperte direkt über die Wiese. Der Bus überschlug sich nun mehrfach. Die Männer wirbelten umher, starben noch bevor der Bus vor den Bäumen zum

Liegen kam. Der Busfahrer überlebte... „Ja, früher war alles besser.", sagt Ernst... über den Dingen stehend. Karl und Willi stimmten zu: „Genau, so war es."

Nano - Lebewesen aus dem All

Es war ein verregneter Tag in Schottland. Für die Dorfbewohner wieder typisch. Ausgerechnet heute würde die Trauung von Cindy und Jack vollzogen, und nun dieser Regen, einfach typisch! Das ganze Dorf feierte mit, die Vorbereitungen liefen auf Hochtouren, alles fand im Freien statt. Der erste Regen war vorbei, die Wolke kreiste um das Dorf herum. „Erste Gratulanten aus dem Himmel!", flachste der Vater der Braut. Die Arbeiten gingen weiter. „Hauptsache keinen Regen mehr, sonst hätten wir auch ins Schwimmbad gehen können!" „Der Pfarrer ist Nichtschwimmer!" Die Bewohner lachten lauthals. „Klar, unter der Kutte trägt er einen Taucheranzug!"

18 Uhr: „Ja, ich will!", sagte die Braut. Die Wolke wurde wieder dunkler, aber kein Wind kam auf. 20 Uhr: Die Party war in vollem Gange. Auf dem Hof der McDans wurde gefeiert. Es wurde getanzt, sogar Dudelsack-Jimmy gab sein Bestes. 22 Uhr 10: Es tröpfelt. „Eigenartig, bei so einer Wolke müsste es gießen!", sagte ein Musiker. „Tröpfeln geht, nur nicht mehr, sonst müssen die Musikinstrumente ins Haus gebracht werden!" Bis in den frühen Morgen wurde gefeiert, das Tröpfeln fiel gar nicht so ins Gewicht.

Die Dorfbewohner schliefen am Sonntag den Rausch aus. Keine Menschenseele war weit und breit zu sehen. Aber am Montag war die Hölle los, zumindest beim Dorfarzt. Alle klagten über rote Kopfhaut, über Ausschlag auf dem Kopf, über Haarausfall. Auch die Apotheke war gut besucht. Es juckte und brannte. Einige Männer ertranken ihren Kummer im Whiskey. Andere Dorfbewohner legten sich früh schlafen. Am nächsten Morgen war der Spuk vorbei, alles war wieder völlig normal. Die Dorfbewohner gingen wieder ihrer täglichen Arbeit nach. Und trotzdem war etwas verändert. Sie trugen Hacken, Schippen und Spaten zusammen. Alles legten sie auf das Feld der Mc Dans. Andere brachten Schubkarren, die Dorfpolizei sperrte die Durchfahrt für den Verkehr. Obwohl hier nur alle drei Tage jemand durchkam.

Unweit des Anwesens gab es eines der Löcher, einen sehr tiefen Meeresarm zum Ozean. Hier begannen Dorfbewohner einen Graben zu schaufeln. Immer mehr Dorfbewohner arbeiteten auf dem Anwesen. Boden wurde abtransportiert, Steine weggetragen. Die Tage vergingen und es entstand langsam ein kreisrundes Loch mit etwa sechzig Meter Durchmesser. Immer tiefer gruben sie. Nun arbeiteten sie Tag und Nacht. Dorfbewohner, die nicht auf der Feier waren, wurden mit einem Wassersprüher besprüht. Dies taten die Kinder. „Warte Bürschchen, wenn ich dich zu fassen bekomme!", sagte ein Großvater. Auch er grub am nächsten Morgen mit den anderen. In etwa vier Metern Tiefe stießen die Dorfbewohner auf einen metallischen Gegenstand, der wie ein riesiges Dach aussah. Der Bräutigam trat aus der Masse hervor und rief: „Normenko Negock Tutschok!" Die Dorfbewohner stießen einen lauten hellen Schrei aus und wiederholten: „Normenko Negock Tutschok!" Strahlen kamen aus dem Loch. Ein Brummen begann. Langsam öffnete sich das unter der Erde liegende Dach. Wie ein riesiges Schwimmbecken hob sich alles in die Höhe. Drei Meter über dem Erdboden stoppte die Aktion. Es begann zu regnen, die große schwarze Wolke stand wieder über dem Feld. Eine Luke öffnete sich am Becken, Wasser, nichts als Wasser, floss in den Graben über den Meeresarm in den Ozean. Die Dorfbewohner standen zwölf Stunden ganz still und murmelten weiter: „Normeko Negock Tutschok!" Das Wasser war aus dem Becken gelaufen, das Dach verschloss sich wieder. Weiterer Boden brach um das Becken ein, es kam ein Raumschiff hervor. Das hob langsam ab und bewegte sich in die Regenwolke hinein. Wer ganz genau schaute, sah in der Regenwolke ein größeres Raumschiff – das Mutterschiff. Die Braut versammelte alle Dorfbewohner um sich herum, ihr Brautkleid trug sie noch, es war voller Lehm und Schmutz, es war völlig eingerissen. Nun sprach sie: „Normenko Negock Tutschwir … wir … wir … wir müssen die Sprache annehmen, damit wir nicht erkannt werden. Vor 500.000 Jahren landeten unsere Vorfahren an dieser Stelle. Ihr wisst, dass unser Planet von uns selbst verseucht wurde. Das letzte Wasser konservierte unsere Brüder und Schwestern, die nun in den Meeren dieses Planeten wieder zu leben beginnen. Bei jedem

Kontakt mit den Menschen übernehmen wir sie. Über die Trinkwasserversorgung oder aber auch über die Regenwolken. Mit unserer kleinen Nano-Größe dringen wir über die Haut oder Blutbahnen ein. Nun geht eure Wege weiter. In etwa zwei Jahren ist die Aktion abgeschlossen!" Und für die Menschen begann das Unheil!

Verschollen im Nichts

Der Countdown läuft, die Triebwerke sind gezündet, die Besatzung des Raumschiffs DARK 5000 ist zuversichtlich, den erteilten Auftrag durchzuführen. Drei!… Zwei!… Eins!… Power! Das Raumschiff hebt planmäßig ab. Von nun an wird einige Zeit vergehen, sodass geklärt werden kann, um welchen Auftrag es sich handelt.

Das Raumschiff DARK 5000 startet von einem der allerletzten Planeten des gesamten Universums. Es befindet sich sozusagen am äußersten Rand des Universums. Nur ein Stern und wenige unbelebte Planeten sind zu überwinden und das Raumschiff ist im Nichts, also außerhalb des Universums. Die Lebewesen auf diesem Planeten beobachten natürlich von Anfang an die Eigenarten der verschieden Nächte. Es gibt Nächte, da schauen sie auf unendlich viele Sonnen, sie schauen in das Universum, es ist dann fast taghell. In anderen Nächten sehen sie nur den eben erwähnten einzelnen Stern, ganz weit entfernt, einsam, alles andere ist absolute Dunkelheit. Die

Lebewesen auf diesem Planeten nennen sich THORN, sie sind wissenschaftlich veranlagt, es gibt keine Länder, keine Kriege, keine Armut, keinen Hunger, nur Fragen, Fragen über Fragen. Es ist eine alte Kultur, 90 Prozent der Kulturstätte sind erhalten, man entwickelte sie einfach mit den neuesten Technologien weiter. So hängen überall die Bilder der bekanntesten Wissenschaftler, ob sie nun vor 12000 Jahren gelebt haben oder vor 10 Jahren. Der Planet ist etwa vier Mal so groß wie die Erde, die THORN bewegen sich langsamer, haben einen nach unten korpulenteren Körper als Menschen der Erde. Ihr Kopf ist länglich mit einem Dorn, ringsherum Haare. Die Ohren haben keine Hörmuscheln, da die THORN alles wahrnehmen. Die Zähne sind klein, es sind eher kleine Backenzähne, da sich die THORN nur von Gemüse ernähren. Alle anderen Lebewesen haben eine Daseinsberechtigung auf dem Planet, da sie bei den THORN als Vorfahren angesehen werden. „LOCK, was wächst mir da?", fragt der kleine Ridock seinen Vater, LOCK bedeutet auf dem Planeten „Vater", LOCKUM bedeutet „Mutter".

„Ridock, je älter du wirst, umso größer wird dieser Dorn. In ihm wachsen hoch sensible Hirnwindungen, mit denen wir THORN ohne Worte kommunizieren können, aber auch Naturereignisse wahrnehmen!", antwortet der Vater. Ridocks Vater gehört zu den Wissenschaftlern, die das Projekt DARK 5000 entwickelt haben. Die ursprüngliche Frage der THORN war immer schon, wenn sich das Universum ausdehnt, Zeit und Raum also entstehen, was erwartet uns hinter dem letzten sichtbaren Stern, den die THORN nun seit ihrer Existenz vor 12000 Jahren sehen? Erwartet sie das Nichts? Lösen sie sich in der Dunkelheit auf? Entsteht mit ihrem Hineinfliegen mit einem Raumschiff Zeit und Raum? Die ersten Raumschiffe schafften keine hohen Geschwindigkeiten, DARK 4000 erreicht fast den letzten Stern, der zu überwinden war, um in die Dunkelheit zu fliegen. Den Stern nennen die THORN HOPE RIMOCK 7706, Hope bedeutet dabei, wie auf der Erde Hoffnung, RIMOCK ist der Vorfahre von Ridock, die Zahl ist das Entdeckungsjahr. Erst mit der Versuchsreihe DARK 5000 wird der Antrieb so verändert, dass ein Lichtsprung erreicht wird. Entwickelt und erforscht werden Lichtsprünge vom Team um Ridocks Großmutter. Immer schon sah man, dass Licht sofort nach dem Einschalten einer Lichtquelle zu sehen war. Früh wurde die Formel für Lichtgeschwindigkeit entwickelt, die im Weltall universal ist. Dennoch war es den THORN zu langsam, sie entwickelten die Lichtsprünge. Dabei wird ein Objekt anvisiert, welches man erreichen möchte und man benutzt die aussendenden Lichtstrahlen, um eine Verdoppelung der Geschwindigkeit zu erreichen.

Die DARK 5000 hat die maximale Geschwindigkeit erreicht. Die anvisierte Quelle ist der Stern HOPE RIMOCK 7706. Größte Aufmerksamkeit muss es kurz vor Erreichen des Sterns geben, da das Raumschiff sonst in den Stern fliegt und explodiert. „In 50 Senkuren sind die Triebwerke umzuschalten, danach ist der neue Kurs auf Umfliegen des

Sterns von Hand zu setzen!", sagt der Kommandant der DARK 5000 zum Steuermann. „Wie lege ich den neuen Kurs fest, Kommandant?", fragt Steuermann Drehms. „Wenn ich das nur wüsste! Wie legt man das Nichts fest?", antwortet Kommandant Renkin. Höchste Aufmerksamkeit ist angesagt, Nervosität, noch 10 Senkuren … drei … zwei … eins … Umschaltung auf Handbetrieb. Mit einem Abstand von nur 10.000 Klionen, das sind etwa 150.000 Kilometer, schießt das Raumschiff an dem Stern vorbei. Der Monitor auf das Zurückliegende zeigt den immer kleiner werdenden Stern HOPE RIMOCK 7706 und das schwindende Weltall. Auf dem vorausschauenden Bildschirm ist die Dunkelheit, das Leere, das Nichts zu sehen. Wie viele Theorien gibt es, wenn dieser Schritt überwunden wird. Gibt es eine Grenze des Raums? Fliegt man vor eine Wand? Ist das Universum endlich oder unendlich? Wie auch immer, das Raumschiff DARK 5000 fliegt immer tiefer ins Nichts. Da es kein Ziel gibt, fliegt das Raumschiff nur noch mit Lichtgeschwindigkeit, das Universum wird immer kleiner, wenn die Besatzung auf den Rückmonitor schaut. Noch hat die Besatzung Funkkontakt mit der Heimatwelt. Das ist für alle Beteiligten logisch, solange man das Licht des Universums sieht, lassen sich auch Lichtsignale zurückschicken. Wie lange noch? Die Bordinstrumente zeigen nur noch wenig an. Die Zeit vergeht, das Universum ist nur noch als ein winziger Punkt zu sehen. Solange weiß die Besatzung, dass sie tiefer ins Nichts fliegt.

„Kommandant, mir wird mulmig. Wir haben doch bewiesen, dass es Raum gibt, in das sich das Universum ausdehnen kann, sollten wir nicht lieber umkehren?", fragt ängstlich der Steuermann. „Zeigen die Instrumente noch die Richtung der Heimat an?", fragt Kommandant Renkin. „Ja, aber alle anderen Instrumente stehen auf null!", antwortet Drehms. Die Besatzung wertet gerade alle Ergebnisse aus, als Steuermann Drehms schreit: „Alles auf null!" „Das Raumschiff sofort stoppen und wenden!", ruft der Kommandant. Zu spät, es gab keine Orientierung mehr, das Raumschiff DARK 5000 verschwindet in der Dunkelheit, es befindet sich nun im Nichts.

Rettungsmission außerhalb aller Grenzen

Das Raumschiff DARK 5000 trieb nun bereits seit mehr als 200 Molanen, das sind etwa 360 Jahre auf der Erde, in der Dunkelheit, im Nichts. Die Besatzung versuchte damals, den letzten Stern im gesamten Universum zu überwinden und über diese Grenze des sich ausdehnenden Weltalls zu fliegen. Erwartete sie weiterer Raum, in das sich das Universum ausdehnen würde oder eine Wand, wie die Außenhaut eines Luftballons? Mittlerweile sind auf dem letztgelegenen Planeten im Universum der THORN Generationen vergangen. Der kleine Ridock, dessen Vater an der Mission der DARK 5000 beteiligt war, wurde ein erfolgreicher Wissenschaftler. Er entwickelte die Raumschiffgeschwindigkeit Solexus, ein Vielfaches der bis dahin möglichen Lichtgeschwindigkeiten, dem sogenannten Lichtsprung. Um nicht noch ein Raumschiff zu verlieren, blieb alles über zwei weitere Generationen Theorie. Heute ist nun der Tag, an dem Ridocks Enkel, Kommandant Riment, mit dem Raumschiff DARK 5000 B einen weiteren Versuch starten sollte, um die Grenzen des Universums zu überwinden. Für Ridock stand es immer fest, dass das Raumschiff DARK 5000 nur verschollen war, sich nicht in der Dunkelheit, dem Nichts, aufgelöst hat. Seine Theorie war: das Nichts ist Etwas. Der Start glückte perfekt. Schnell wurde auf die Geschwindigkeit Solexus umgeschaltet. Von allen Radarerfassungsgeräten verschwand das Raumschiff, diese Geschwindigkeit konnte kein Messgerät verfolgen, kein Kontakt war möglich, einfach nichts. Aber genau das berechnete Ridock damals, es war also alles im grünen Bereich. Ridock hatte aber auch die passende Lösung, Bojen wurden aus dem Raumschiff geschossen, die alle bis dahin gesammelten Informationen und Kommunikationen gesammelt hatten. Diese Bojen blieben genau am Aussetzpunkt stehen, konnten also auch als Wegweiser für einen Rückflug dienen. „Das ist ja wunderbar, die erste Boje sendet. Der Mannschaft geht es gut. Ein Hoch auf unseren verstorbenen Wissenschaftler Ridock!" Die Mannschaft in der Zentrale jubelte und staunte, dass der letzte Stern HOPE RIMOCK 7706 nach nur drei Zenturen überwunden wurde, das waren fünf Millisekunden auf der Erde. Weitere Bojen wurden ausgesetzt. Das Raumschiff DARK 5000 B befand sich schon lange in der Dunkelheit, im Nichts. Damals, bei der vorherigen Mission, gab es ein Problem, als das gesamte Universum nicht mehr sichtbar war, als es als kleiner Punkt verschwand, absolut keine Orientierung mehr möglich war, kein Instrument mehr funktionierte. Mit den ausgesetzten Bojen gab es nun diese Signale. Das Raumschiff DARK 5000 B flog immer weiter ins Nichts, was bedeutete, dass das Nichts etwas war, es gab den Raum, in dem sich unser gesamtes Universum ausdehnen konnte. „Wie weit fliegen wir?", fragte Steuermann Sinks Kommandant Riment. „Der Auftrag lautet, sucht das Raumschiff DARK 5000, falls es einen Raum gibt, in dem sich das Weltall ausdehnen kann!", sagte Riment. Die Zeit verging, das Raumschiff drang immer tiefer ins Nichts ein. „Welch gewaltiger Raum um das Weltall aufgebaut ist, wer hat das wohl erschaffen? Gibt es wirklich kein Ende?", fragte Wissenschaftlerin Blenk an Bord der DARK 5000B. Ihr Kollege Force rief plötzlich: „Ich habe minimale Spuren von einem Lichtsprung-Antrieb gefunden, ansonsten gibt es hier keine Atome, keine Strahlung, einfach nur Nichts!" „Wir folgen der Spur!", befahl der Kommandant. „Alle Informationen sind in der nächsten Boje zu speichern!" „Ein Objekt kommt auf uns zu!", schrie der Steuermann. „Ausweichkurs! Festhalten!", kommandierte Riment. Mit einer Wahnsinnsgeschwindigkeit, das Zigfache der heute bekannten Solexus-Geschwindigkeit, wären sie fast mit dem Objekt kollidiert. Das Objekt stoppte, die DARK 5000 B stoppte ebenfalls. „Hier Kommandant Renkin vom Raumschiff DARK 5000, ich begrüße Sie Kommandant Riment der DARK 5000 B!", sagte die Stimme aus dem Kommunikationsgerät. Völlig erstaunt antwortete Kommandant Riment: „Wir können uns doch gar nicht kennen, wie kommt es, dass Sie leben? Woher kommen

Sie? Wieso können Sie so schnell fliegen?" Aus dem Lautsprecher kam die Antwort: „Fragen über Fragen, alles wird beantwortet. Alles ist schwer zu verstehen, aber alles wird geklärt. Nur so viel vorab, wir trafen auf ein Paralleluniversum, dort gibt es uns ebenfalls. Ridock lebt hier noch und hat eine noch schnellere Geschwindigkeit entwickelt. Nun kommen wir mit vielen Informationen zurück zu unserem Heimatplaneten. Der Raum für alle Universen scheint grenzenlos zu sein!"

Alptraum

Die Tür zum Bad knarrt immer noch, aber was Ilona G. bis dahin erlebte, das war der Horror. Ilona möchte unerkannt bleiben, es glaubt ihr sowieso niemand. In ihrem Leben war sie vier Mal in psychiatrischer Behandlung. Auch ihren Sohn wurde in Mitleidenschaft gezogen. Was hat es mit der knarrenden Tür auf sich? Knarrt nicht irgendwie überall eine Tür? Ilona heiratete mit achtzehn Jahren ihren Traummann Günther. Günther studierte gerade, er war sechs Jahre älter. Ilona brach die Lehre ab und ging ans Fließband. Sie sorgte so für den Lebensunterhalt, Günther konnte sich ganz auf das Studium vorbereiten. Beide planten ihr Leben. Nach dem Studium sollte Günther der Hauptverdiener werden, Ilona wollte dann bis zum ersten Kind weiter arbeiten. Ein Haus mit etwa 35 Jahren, dann noch ein weiteres Kind. Das klang alles wirklich wunderbar, wenn das Wörtchen wenn nicht wäre. Hat es Ilona ihrem

Ehemann vielleicht zu leicht gemacht? Arbeit und Haushalt, dann die viel zu frühe Geburt von Sohn Steffan. Ilona opferte sich auf. Gut, dann werden die Bauklötze eben etwas verschoben, es wird schon gehen. Zu blöd aber auch, dass Günther auf diesen dämlichen Trick mit dem Zettel hereinfiel. – Ruf Mal an, Iris – stand darauf. Diese Falle ist doch nun wirklich uralt. Im heutigen Zeitalter des Internets gibt es natürlich andere Möglichkeiten. Heute könnte sich Günther unter einem Fake-Namen auf diversen Plattformen anmelden. Hier könnte er dann Lisa kennenlernen, die in Wirklichkeit Annette heißt. Ilona vertraute übrigens sehr ihrem Ehemann, wie gesagt, es war ihr Traumpartner. Weshalb sie dann in das Jackett ihres Mannes griff? Na, das ist doch klar, der Tascheninhalt beulte die Taschen aus. Ilonas Eltern besaßen schließlich ein Damen- und Herren-Bekleidungsgeschäft. „Wer ist denn Iris?", fragte Ilona ihren Ehemann. „Eine Kommilitonin, wir werden die Diplomarbeit zusammen schreiben", antwortete Günther. „Toll, dann wird es ja jetzt etwas!", freute sich Ilona. Die Diplomarbeit dauerte und dauerte. Mal war der Professor krank, mal gab es keinen Diplomplatz. Auf jeden Fall stellte Günther es so dar. An einem Tag, an dem Hausarbeit anstand, legte sich Ilona eine flotte Musik auf. Sie griff in den Kassetten-Ständer, eine Philips-Kassette mit den größten Hits von Dave Dee, Dozy, Beaky, Mick & Tich sollte es sein. Ilona legte das Band ein, zu hören war folgendes: „Peep, sprechen sie jetzt – Iris hier. Es ist aus, lass dich nie mehr hier sehen. Peep." Geschockt sah Ilona, dass es eine Kassette aus dem Anrufbeantworter war. Die größten Hits der Rock-Gruppe steckten im Radiorecorder in der Küche. Immer wieder hörte Ilona diese Nachricht, immer und immer wieder. Ihre bis dahin heile Welt zerbrach. Sie zitterte am ganzen Körper, sie hatte nicht einmal die Kraft, hart mit Günther ins Gericht zu gehen. Günther kam an diesem Abend sehr spät und völlig betrunken nach Hause. Das Drama nahm seinen Lauf. Günther schlug seine Frau nur noch, drohte sie und den Jungen umzubringen. „Ich finde dich überall und dann bist du dran!", schrie er. Nicht mehr wieder zu erkennen war Günther, er wurde zum Alkoholiker. Seine Frau war dermaßen eingeschüchtert, dass sie nur funktionierte. Morgens den Sohn versorgen, danach die Arbeit am Fließband, dann den Haushalt. Und das Tag für Tag. Ilona war 37 Jahre, als ihr Sohn Steffan heimlich die Wohnung verließ und nicht mehr zurückkam. Da war er 17 Jahre. Der letzte Halt brach für Ilona zusammen. Weitere zehn Jahre brauchte Ilona, um langsam einen Wandel in ihren Gefühlen und in ihrem Denken zu vollziehen. Günther war nun 53 Jahre, er litt an Bluthochdruck, war übergewichtig und sehr gewalttätig gegenüber Ilona. Immer mehr Rattengift mischte sie ins Essen. Im Schuppen ihres Vaters fand sie noch E 605, auch das kam ins Essen. Ilona war verbittert und voller Wut und Hass. Die Prügelattacken, die Vergewaltigungen, das Messer, das er ihr an die Kehle setzte, sie war es einfach leid. Ilona verschloss die Wohnzimmertür, Günther lag bewusstlos vor dem Fernseher. Jetzt löste sie das Rohr zum Ölofen. Es sollte so aussehen, als ob Günther im betrunkenen Zustand vor den Ölofen lief. Der Plan funktionierte. Vergiftung durch Gase, hieß es. Wer nun glaubt, das war es, der irrt. Günthers böser Geist war allgegenwärtig. Lampen schalteten sich ein und aus. Der Herd stand auf Stufe 5 und das Trockentuch lag darauf. Nachts schellte das Telefon. Ilona verspürte

eines Nachts ein Druckgefühl am Hals. Wieder musste sie in Behandlung. Wird es denn nie enden? Die Waschmaschine stand plötzlich unter Strom. Die Brotmaschine begann sich bei der Reinigung zu drehen. Auf dem alten Röhrenfernseher lag sein alter Bademantel. Er überhitze, es war 22 Uhr, es begann zu brennen. Ilona, die auf der Couch eingeschlafen war, konnte sich soeben retten. Aber nur, weil jemand Sturm schellte. Vor der Tür empfing sie ihr verlorener Sohn. „Steig in den Wagen, wir müssen weg hier!", schrie er. „Wo warst du nur, Steffan? Warum kommst du jetzt?", bibberte seine Mutter. „Ich hörte Vater im Traum. Er sagte, dass er uns alle umbringen will!", sagte Steffan und raste los. Der Brand war schnell gelöscht. Ilona wohnte nun zwei Straßen von ihrem Sohn entfernt, er bekam seine Psyche in Griff, jetzt hatte er eine liebe Frau, demnächst eine Tochter. Drei Mieter bewohnten die Wohnung nach diesem Vorfall. Alle kündigten wieder. In der unteren Etage eröffnete ein Computer-Geschäft. Ilonas Wohnung sollte als Lager angemietet werden. Wie gesagt, die Tür zum Bad knarrte etwas, aber das störte den Mieter nicht.

Verloren im Universum

Die Menschheit gab es schon lange nicht mehr. 80 Milliarden Jahre nach Erdenzeit ist es im Universum dunkel geworden. Die Schwarzen Löcher innerhalb der Galaxien haben so gut wie alle Sterne und Planeten geschluckt. Vereinzelt sah man noch hier oder dort etwas leuchten. Der Raum zwischen den ehemaligen Galaxien ist unendlich weit und unendlich leer geworden. Bald würden die Schwarzen Löcher keine Nahrung mehr haben. Da sie so weit voneinander entfernt waren, konnten sie sich nicht gegenseitig beeinflussen, sie würden einfach nur verhungern und sich auflösen. Von Beginn des Urknalls an hat sich das Universum um den Faktor eine Quadrillion vergrößert. Um die Menschheit zu retten, baute man ein Raumschiff, noch bevor die große Katastrophe eintrat. Ein Himmelskörper raste auf die Erde zu, er war nur minimal kleiner als der Mond. Alle Weltmächte taten sich zusammen, aber es gab keine erfolgreichen Gegenmaßnahmen. Nun gab es verschiedene Meinungen der Wissenschaftler. Einige glaubten, dass der Geist weiterhin existieren würde, dann ließ man geschehen, was geschah. Andere glaubten an eine Parallelwelt und gingen davon aus, dass es mit ihnen dort sowieso weiterginge. Wieder andere glaubten an die Einmaligkeit des Menschen und seines Seins, sie wollten im Universum ein neues Zuhause suchen. Die letzten Jahre auf der Erde vergingen also entweder im völligen Chaos oder aber an anderer Stelle, in ruhiger Erwartung.

8 Monate, 7 Tage und 11 Stunden vor dem Einschlag auf die Erde, startete das Raumschiff EARTHLING 2666. Das Raumschiff wurde angetrieben von der Dunklen Energie, die zog das Raumschiff immer schneller an den Rand des Universums. Um die Kältekammern mit Energie zu versorgen, griff man einfach in den Weltraum und sammelte Dunkle Materie ein, davon war ja genug vorhanden. Während des Kälteschlafs benötigte die Mannschaft keine Nahrung, danach standen Nahrungsersatzstoffe zu Verfügung, nicht schmackhaft, aber man konnte davon leben. Die Mannschaft auf der EARTHLING 2666 beschloss, die Vernichtung der Erde nicht miterleben zu wollen. Bereits kurz nach dem Start gingen alle in den Tiefschlaf. Von der Erde aus wurde die Reise des Raumschiffs die letzten acht Monate überwacht, bevor der Einschlag die Erde völlig zerstörte. Die Reisegeschwindigkeit begann durch die Dunkle Energie langsam und steigerte sich dann auf Lichtgeschwindigkeit. Die Wissenschaftler berechneten ein Aufwachen aus dem Kälteschlaf nach etwa zwanzig Jahren. Dabei machten sie allerdings den Fehler, dass, wenn das Raumschiff mit Lichtgeschwindigkeit auf einen Himmelskörper zuflog, immer wieder bis auf wenige Stundenkilometer abgebremst wurde und es das Objekt umfliegen musste. Und danach, wenn der Weg frei war, es erst wieder auf Lichtgeschwindigkeit ansteigen konnte.

Das Universum dehnte sich immer schneller aus. Viele Sterne und Galaxien stießen zusammen, aber alles wurde nach außen gezogen. Das im Raumschiff verbaute

Antigravitations-Modul arbeitete zwar einwandfrei, doch glaubte man, dass es auch bei Lichtgeschwindigkeit Berechnungen durchführen konnte. Das war ein Irrtum und so bremste das Notlauf-Modul immer die Geschwindigkeit ab. Das alles ist nicht weiter tragisch, aber statt der zwanzig Jahre Kälteschlaf war das Raumschiff nun fast 67 Milliarden Jahre unterwegs. Das Raumschiff schaffte es knapp bis an die Außengrenze des Universums. Es flog auf ein Nichts zu. Zurückgeschaut sah man nur noch wenige leuchtende Objekte. Die Mannschaft wachte irgendwann auf, nach der Berechnung des Computers zur genau eingestellten Zeit nach zwanzig Jahren, von den eigentlichen 67 Milliarden Jahren wussten die Besatzungsmitglieder nichts. Alle waren wie geschockt. Niemand hatte eine Erklärung. Und dann ging alles sehr schnell. Die letzte Materie wurde von den Schwarzen Löchern aufgesaugt. Sie selbst lösten sich in Nichts auf. Dann gab es keine Materie mehr im Universum, keine Zeit, nur noch das Nichts, eine Leere. Und wer meint, in diese Leere, ins Schwarze zu schauen, das wäre das Nichts, der irrt. Die Besatzung stand wie versteinert vor dem geöffneten Plasmafenster und sah das absolute Nichts auf sich zu kommen. Das Universum wurde von innen nach außen aufgelöst. Immer näher kam dieses absolute Nichts. Dann traf es auf das Raumschiff und den übriggebliebenen Rest des Universums. Nun gab es nichts mehr, nichts erinnerte noch an Zeit, Materie, Raum, spielende Kinder. „Hallo, wir sind hier! Seid gegrüßt!", sagte eine Stimme. Die Raumschiff-Crew wurde von strahlenden Wesen begrüßt. „Wartet, wir zeigen uns, wie wir waren, wie ihr uns kennt!" Alle existierten, alle Freunde, alle Familienmitglieder, auch die letzten Wissenschaftler bei der Verabschiedung vor dem großen Flug. „Ja, wir überlebten. Der Himmelskörper kam auf uns zugeschossen. Es wurde heiß. Uns wurde schwarz vor Augen und im gleichen Augenblick befanden wir uns in einem Paralleluniversum. Alle Wissenschaftler hatten damals Recht. Der Mensch als Lebewesen war in seiner Form einmalig, natürlich gab es im Universum verschiedenartiges Leben. Auch die hatten Recht, die gesagt haben, dass der Geist immer existiert. Und auch die, die an Parallelwelten geglaubt haben. Und nun warten wir alle auf einen neuen Urknall."

Als es Nacht wurde

Hallo liebes Tagebuch. Heute trage ich etwas sehr Fragwürdiges ein, aber niemand in der Familie will darüber sprechen. Alle sind nur sehr bedrückt. In unserem Zweifamilienhaus wohnen im Erdgeschoss meine Großeltern, darüber meine Eltern. Ich habe mein Zimmer im Dachgeschoss. Opa ist sehr krank geworden. Mit ihm verbringe ich sehr viel Zeit nach der Schule. Ach ja, in Physik gab es heute eine Zwei, Opa hat mit mir viel geübt, trotz seiner Vergesslichkeit. Aber die Vier in Erdkunde muss ich noch beichten, morgen vielleicht. Opa und ich reparieren einfach alles im Haus. Die Kaffeemaschine heizt wieder, meine Eisenbahn ist wie neu und der Kaninchenstall ist echt purer Luxus. Schon vor längerer Zeit hat mir Opa gesagt, dass er immer vergesslicher werde. Eines Tages würde ich wohl auch einmal mit Kurt oder Max angesprochen werden, dabei ist mein Name doch Sebastian, aber ich könne ihn ja dann korrigieren. Opa hat sich mit seiner Krankheit schon lange beschäftigt, er spricht auch viel mit meinen Eltern darüber. Ich höre immer von Papa und Mama, dass er bestimmt weit über 80 wird. Vor einer Woche ist Opa ins Krankenhaus gekommen. Alle sind sehr traurig darüber, Oma weint nur noch. Jeden Tag besuchen wir ihn, nun ja, zumindest bin ich zwei Mal bei ihm gewesen. Vor dem Krankenhausaufenthalt haben Opa und ich noch das Vogelhäuschen fertig gestellt. „Ein altes Leben geht und ein neues Leben kommt auf die Welt", sagte Opa dabei. Als wir alles fertig hatten, stellten wir das Vogelhäuschen im Garten auf. Danach schaltete Opa alle elektrischen Geräte aus und auch das Licht. Die Werkstatt liegt neben dem Waschkeller. Mutti war gerade mit der Wäsche fertig, Opa schaltete auch dort das Licht aus. Gestern Abend holt Mutti aus dem Keller Getränke für unser Abendessen. „Wer hat denn schon wieder das Licht im Waschkeller angelassen, auch in Opas Werkstatt?", fragt sie. Es gibt übrigens Bratwurst mit Kartoffeln. Um Mitternacht werde ich von meiner Eisenbahn geweckt, sie fährt einfach so los. Ich will sie gerade ausschalten, da ruft Oma um Hilfe. Ich lausche im Flur. „Da ist jemand im Keller!" Vati geht runter um nachzusehen. „Alles in Ordnung! Aber wer hat denn schon wieder das Licht in Opas Keller vergessen auszuschalten?", sagt er mit müder Stimme. Es kehrt Ruhe ein. Ich gehe zurück in mein

Zimmer. Am Trafo der Eisenbahn sehe ich Opa, er sagt:
„Bald sehen wir uns wieder, lieber Bastian, bald. Ich liebe
dich." Die Eisenbahn stoppt, ich schlafe ein. Und gleich
nach der Schule fahre ich mit Mutti zu Opa ins
Krankenhaus. Jetzt muss ich aber in die Schule. 8. Mai 2015,
Sebastian Kringel

Das Haus am See

Niemand wohnte in diesem Holzhaus unten am See. Es
stand einige Jahre bereits leer. Man konnte es nur mit dem
Boot erreichen. Alle Leute aus der Umgebung mieden es. In
der Nacht spielten sich unheimliche Dinge dort ab. Punkt
Mitternacht war dieses Haus hell erleuchtet und es hörte
sich an, als wenn eine Frau weinen würde. Eines Tages kam
ein junger Mann ins Bürgeramt der Stadt. Sein Name war
Klaus Brückner. Er erkundigte sich nach dem Haus unten
am See. Gerne würde er es kaufen. Da Angeln sein Hobby
war, schien hier ein geeigneter Ort zu sein. Die Dame vom
Amt sagte ihm, dass dieses Haus zuletzt einem Bauern aus
der Umgebung gehörte, jetzt aber zum Kauf angeboten
wurde. Sie meinte, dass es unheimlich dort sei. Klaus
Brückner tat alles nur als Gerede ab. „Na ja, sie müssen
wissen was sie tun. Sie können es sofort haben, wenn sie
wollen. Wir sind froh, wenn es verkauft ist." Klaus Brückner
angelte für sein Leben gern, da kam es wie gerufen, dieses
Haus. Am ersten Abend warf er seine Angel aus, befestigte
die Rute am Bootssteg und ging zurück ins Haus. Er

vernahm ein leises Wimmern, ging aber darüber hinweg. Am darauf folgenden Abend das Gleiche, nur eindringlicher und lauter. Es kam ihm vor, das Gejammer direkt neben sich hören zu können. Er hatte das Gefühl zu spinnen.

Ein paar Tage vergingen bis er wieder Zeit fand, seinem Hobby nachzugehen. Auf dem Weg zum Haus traf Brückner ein paar Leute aus der Umgebung. Eine Frau fragte, ob er der neue Besitzer sei und es doch gewaltig dort spuke am See. Sie schaute ihn noch von der Seite an und verschwand. Klaus Brückner wurde nachdenklich. Sollte dieses nächtliche Gejammer etwas damit zu tun haben? Was war hier los?

Am Abend hatte er das Gespräch wieder vergessen. Gut gelaunt machte er sich auf den Weg zum Haus. Wie gewohnt legte er die Angel aus und ging rein. Eine unheimliche Stille machte sich breit. Plötzlich stand eine junge Frau vor ihm. Blutverschmiert und mit Seetang behangen. Ihm wurde schwindelig vor Angst. „Du musst es klären, ich bin ermordet worden. Er läuft noch frei herum, er muss bestraft werden, sonst kann ich keine Ruhe finden." Brückner bekam Angst, versprach aber, ihr zu helfen. Am Tag darauf fuhr er zum Rathaus, hier konnten sie ihm tatsächlich helfen. Er erfuhr, dass ein Bauer aus der Umgebung, mit Namen Holger Westermann, vor Jahren dieses Haus besaß, gleichzeitig eine junge Frau verschwand. Kurz danach verkaufte er das Haus wieder. WARUM NUR? Verschwieg er etwas?

Gleichzeitig wurde nach dem Mädchen gesucht, Ermittlungen wurden angestellt. Sie wurde als vermisst gemeldet. Aber eine Verbindung zwischen dem Verschwinden des Mädchens und H. Westermann schien nicht zu bestehen! Oder etwa doch? Brückner bedankte sich für die Information. Er hatte eine Vermutung, er hatte ein Gefühl, er hatte Gänsehaut... ja, er hatte eine schlimme Befürchtung... er setzte alles auf eine Karte, er pokerte jetzt hoch, denn er hatte doch versprochen zu helfen... sein Vorhaben war riskant, sein Vorhaben war gefährlich... aber er musste so handeln... ... ... ER FUHR SOFORT ZU WESTERMANN! Er klopfte erst an, er pochte und schlug dann gegen die Tür und schrie: ,,MACH AUF, DU MÖRDER! ... KOMM' RAUS!" Westermann schrie zurück, er konnte aber nicht gegen den gewaltigen Druck von Brückner ankommen... Mit ganzer Kraft drückte Brückner die Tür auf! „Ich habe dieses Haus am See gekauft, was war da los? Sie sind in jener Nacht beobachtet worden! Man hat Schreie gehört!" Ein Wort ergab das andere... es wurde heftig geschrien und gestritten... Holger Westermann knickte ein. Er gestand sie geschlagen zu haben... er gestand sie gefesselt zu haben... er gestand, dass er sie verhungern ließ und sie zum Schluss in den See geworfen zu haben...

Brückner konnte nicht glauben was er hörte. Es lief ihm eiskalt über den Rücken. Er rief die Polizei! Der Mörder wurde verhaftet! Endlich hatten die Leute ihre Ruhe... endlich hatte die Seele ihre Ruhe... Brückner verkaufte das Haus trotzdem wieder, mit dieser Vorstellung konnte er dort nicht bleiben, obwohl sich nun alles aufhellte, das Haus und der See in einem ganz anderen Licht zu sehen waren und der Spuk ein Ende hatte.

Der Opfergang

Die Inspektoren Bob Nelson und Nick Brando hatten im Stadtteil Manhattan ein kleines Büro. Dieses Büro suchten nur ganz bestimmte Leute mit besonderen Problemen auf. An der Tür stand „Police" und darunter in kleiner Schrift „Geisterjäger". Kleine Schrift wurde aus dem Grundgenutzt, dass es nicht jeder auf Anhieb lesen sollte, denn sie schämten sich für ihre fast unglaubhafte Arbeit. Aber in den letzten Jahren waren zu viele mysteriöse Dinge geschehen, die auch einen erfahrenen Geisterjäger schockierten.
Immer wieder wurden sie gerufen. Nur Bob Nelson und Nick Brando hatten sich jedes Mal bereiterklärt zu helfen. Im Laufe der Zeit spezialisierten sie sich auf dem Gebiet der Geisterjagd. Nichts entging ihrer Aufmerksamkeit. Aber fast immer gewannen sie den Kampf gegen das Böse. An diesem Oktobermorgen, es war noch dunkel und nebelig, klopfte es heftig an der Bürotür. Beide erschraken und richteten den Blick zur Tür. Sie wussten, dass wieder Arbeit auf sie wartete.

„Herein!", rief Nelson. Ein junges Paar betrat den Raum. Kreidebleich im Gesicht, fingen sie fast gleichzeitig an zu reden: „Drüben am Waldrand, haben wir uns ein Haus gekauft. Wir wollten dort wohnen, bis wir alt werden. Außerdem ist meine Frau schwanger.", sagte der Mann. Das Haus wäre groß genug für eine Familie. „Am ersten Abend, nachdem wir eingezogen waren, spielte sich nichts Ungewöhnliches ab. Aber am nächsten Tag ging es los. Der Horror begann. Seit einigen Wochen ist dieses Haus unser Zuhause, dachten wir jedenfalls. Ruhe fanden wir bisher nicht. Unsere ganzen Ersparnisse sind für den Kauf des Hauses draufgegangen. Wo sollten wir sonst hin?" „Sachte, immer sachte", sagte Bob Nelson in seiner lässigen Art. „Jetzt beruhigen sie sich doch etwas und erzählen sie uns in aller Ruhe, was geschehen ist." Anne Baker sprach: „Ich ging eines Morgens in die Küche, wollte mir einen Kaffee machen. Mein Mann fuhr sehr früh ins Büro. Ich war allein im Haus. Ich weiß nicht, ob ich überhaupt was sagen soll. Sie werden mir bestimmt nicht glauben. Auch das, was mein Mann ihnen sagen will, klingt irgendwie unglaubhaft." Nick Brando antwortete: „Aber Miss Baker, dafür sind wir doch da, um gerade solche Fälle zu klären." Nun sprach sie weiter: „Es stand, wie aus dem Nichts, eine Frau im Nonnengewand vor mir. Sie glotzte mich mit weit aufgerissenen Augen an und krächzte hysterisch und bösartig: Wir wollen dein Kind, wir werden es uns holen, wenn es soweit ist. Dann war sie plötzlich wieder verschwunden. Am Abend erzählte ich es meinem Mann, doch so recht glaubte er mir nicht und schob es auf meine Schwangerschaft. Nein, nein antwortete ich ihm, mein Verstand hat mir keinen Streich gespielt. Ich habe sie wirklich gesehen. Roger nahm mich in den Arm und riet mir, darüber zu schlafen. Aller ein paar Tage tauchte von da an diese wahnsinnige Nonne auf. Nicht nur in der Küche überraschte sie mich, sondern überall dort, wo ich mich gerade aufhielt. Mittlerweile glaubt Roger mir." „Das klingt alles sehr unglaubwürdig, ist aber nichts Neues für uns. Solche Fälle hatten wir hier in den letzten Wochen mehr als genug", meinte Nick Brando.

„Nun ja", fuhr Roger fort, „Ich ging in den Keller. Da ständig die Sicherungen herausflogen, wollte ich nachsehen, was da los ist. Da standen sie im Kreis. Sechs Nonnen. Es war ein Zeichen auf dem Boden gemalt, aber ich konnte es nicht erkennen. Es war zu dunkel. Monotone Sprechchöre waren zu hören, so etwas wie eine Beschwörung. Schwarze Kerzen leuchteten an den Wänden des Kellergewölbes. Auf einmal ging eine der Nonnen weg. Sie verschwand einfach durch das dicke Mauerwerk. Wenig später kam sie mit einem Säugling auf dem Arm wieder. Wenn ich es nicht mit eigenen Augen gesehen hätte, könnte auch ich es nicht glauben." Die Angst stand ihm ins Gesicht geschrieben. „Reden sie weiter, Mister Baker", sagte Bob Nelson locker wie immer. Roger stotterte hektisch: „Sie legte das Kind in die Mitte des Kreises und sprach eine Beschwörungsformel. Als das Kind schrie, wurde es sofort umgebracht. Das ganze Spektakel dauerte eine halbe Stunde. Anschließend löste sich alles vor meinen Augen in Luft auf. Meine Selbstbeherrschung hatte ich nicht mehr im Griff, als ich nach oben ging. Der Strom schaltete sich wieder ein, ohne dass ich eine neue Sicherung brauchte." „Mein Gott!", sagten beide Inspektoren fast gleichzeitig, „Das ist ja mehr als grauenhaft." Anne Baker weinte. „Ich habe Angst um das Baby, was sollen wir nur tun?" „Miss Baker, genau dafür sind wir da, bitte machen Sie sich keine Sorgen", sagte Bob. „Geister müssen, um sie unschädlich zu machen, ignoriert werden. Einfach nicht beachten, wenn es wieder geschieht. Gehen Sie nun erst mal nach Hause. Warten Sie ab, wir werden uns in den nächsten Tagen bei Ihnen melden, sobald wir etwas herausgefunden haben." Roger und Anne Baker gingen Hand in Hand zu ihrem Auto, setzten sich in den alten Ford und fuhren weg. Wieder ereignete sich Tage später etwas Grausames im Hause der Bakers. Sie wollten gerade ins Haus gehen und mussten feststellen, dass die Haustür offenstand. Bluttropfen waren zu sehen. Sie befanden sich überall an den Wänden und auf den Teppichen. Sogar die Möbel waren beschmiert. Anne schrie laut und konnte sich nicht beruhigen. Roger versuchte seiner Frau klarzumachen, dass sie schwanger war und an das Kind denken sollte.

Er versuchte das Blut abzuwischen, doch es kam immer wieder durch. Eine große Schrift mit Blut geschrieben tauchte an der Wand auf. Es stand darauf: „Wir werden dein Kind holen. Denke nicht, du bleibst verschont." Dann plötzlich waren die Schrift und die Blutsflecken verschwunden. Anne und Roger liefen hinauf in ihr Schlafzimmer, schlossen sich ein und kauerten engumschlungen im Bett. Keiner von den beiden traute sich, etwas zu sagen. Die Tage vergingen ohne besondere

Zwischenfälle. Inspektor Bob Nelson und Nick Brando forschten eifrig und fanden heraus, nachdem sie fast alle Ämter, Kloster, Stadthäuser und Archive abgegrast hatten, dass dort, wo sich das Haus der Brandos befand, vor einhundert Jahren ein Kloster stand. Die Nonnen die darin lebten, hielten schwarze Messen in den Kellergewölben ab. Als Geschenk für den Herrn, so nannten sie den Teufel, opferten sie neugeborene Kinder. Die Babys bekamen sie von misshandelten Frauen, die im Kloster Schutz suchten. Dabei gingen sie brutal vor. Sie entrissen ihnen regelrecht die Kinder. Die Nonnen warteten erst gar nicht den Geburtstermin ab, sondern schnitten den Müttern einfach den Bauch auf und holten das unschuldige Lebewesen heraus. Meistens starben die Frauen und wurden dann in den Wänden eingemauert. Keiner fragte nach ihnen, sie wurden nie vermisst. Nun waren die beiden Inspektoren gefragt. Durch die Erfahrung, die sie im Laufe der Zeit machten, wussten sie genau, wie sie sich in solchen Situationen verhalten mussten. Nelson und Brando fuhren los, bepackt mit Utensilien, die der Geisterbekämpfung dienten. Am Haus der Bakers angekommen, fanden sie zwei Menschen vor, die kaum noch ein klares Wort sprechen konnten. Sie zitterten am ganzen Leib und erzählten, was in den letzten Tagen passiert war. Die Geisterjäger, so nannten sich die beiden Männer, gingen an die Arbeit. Nick sagte noch: „Bitte packen Sie das Nötigste ein, Sie werden vorläufig in ein Hotel gehen. Sie bleiben so lange dort, bis wir Sie rufen." Für Nick und Bob begann jetzt der schwierige Teil. Sie warteten die Dunkelheit ab. Etwas mulmig war ihnen schon, zumal sie in Erfahrung gebracht hatten, welche grausamen Dinge an diesem Ort einst geschahen. Nick stellte eine Infrarotkamera auf und schaltete sie ein. Bob montierte noch gerade ein Geräuschaufnahmegerät, das auch die feinsten und leisesten Töne aufzeichnete. Plötzlich hörten sie mystische Gesänge. Sie gingen in den Keller. Sprechchöre und Beschwörungsformeln drangen an ihre Ohren. Sie trauten ihren Augen nicht. Das, was sie sahen, ließ sie vor Schreck erstarren. Eine Teufelsanbetung mit sechs Nonnen die sich im Kreis aufgestellt hatten. In der Mitte des Kreises weinte ein Baby. Die Nonne ging hin und schrie: „Hör auf zu jammern du armselige Kreatur." Sie klebte dem Säugling den Mund zu, bis es sich nicht mehr bewegte. Die Gesänge wurden immer eindringlicher. „Wir müssen handeln Bob", flüsterte Nick. Noch ehe der Gedanke zu Ende gedacht war, tauchte über den Nonnen, oberhalb des Deckengewölbes, ein riesiger Kopf auf. Grausam verzerrt die Fratze, feuerrote Augen und Blut rann ihm aus dem Maul. „Der Teufel persönlich", sagte Bob. „Ich werde mindestens ein Jahr lang Albträume haben. Wir brauchen Feuer. Alles muss verbrannt werden." Nick fand einen Kanister mit Benzin in der anderen Ecke des Kellers. Sie schütteten alles auf den Boden. Damit es heftig brennen konnte, trugen sie Pappe und Papier zusammen. Es brannte lichterloh, die Flammen schlugen gnadenlos zu und fraßen sich durch das ganze Haus. Dann vernahmen sie noch eine Stimme, die hysterisch schrie: „Freut euch nicht zu früh, wir kommen wieder!"

Nick und Bob mussten, von der Straße aus, mit ansehen, wie das Haus niederbrannte. „Es ist wohl besser so", meinte Nick. Roger und Anne bekamen ein Ersatzhaus. Dafür sorgten die Bewohner des Stadtteils. Sie spendeten und gaben dem jungen Paar alles, was sie erübrigen konnten. Alle hielten fest zusammen, denn jeder konnte der nächste in diesem Gruselkabinett sein. Das neue Haus stand am anderen Ende des Stadtteils. Es war zwar etwas baufällig, aber alle packten mit an, um es wieder herzurichten. Mit Kleiderspenden und gebrauchten Möbeln wurden sie versorgt. Lange würden sie brauchen, um darüber hinwegzukommen. Aber sie lebten, und nur das war wichtig. Ob es nun im Stadtteil Manhattan in Zukunft ruhiger werden würde, wusste man nicht so genau. Jedoch Nick und Bob hielten sich stets bereit, um jederzeit den Kampf mit dem Bösen aufzunehmen.

Der Ring

Der kleine Bauernhof in Süd-Schweden brachte nicht viel ein. Hanna und Erik Lörensen verkauften ihre wirklich gute Ware mit wenig Gewinn. Nun, dafür hatten sie ihre Stammkundschaft, verhungern würden die Lörensen nicht. Erik schaute sich heute auf dem Feld die Kartoffeln an. Mitten auf dem Feld bemerkte er, dass die Ernte dort sehr schrumpelig umher lag. Alle anderen Kartoffeln sahen wie immer prächtig aus. Etwa zehn Quadratmeter aber waren verdorben. Erik dachte, dass die Bewässerung dort nicht funktioniert hätte und ging der Sache auf den Grund. Genau im Zentrum fand er einen etwa sechzig Zentimeter tiefen Krater. So etwas war ja bekannt, es würde sich um einen kleinen Himmelskörper handeln. Erik kniete nieder und suchte nach einem Meteoriten. Doch einen solchen fand er nicht. Erik dachte, dass bereits ein Meteoriten-Jäger den Fund geborgen haben könnte. „Oh, was sehe ich, er hat wohl seinen Ring dabei verloren.", freute sich Erik. Er funkelte nicht nur, er leuchtete regelrecht, er war golden, einen Stempel mit dem Goldwert konnte Erik allerdings nicht entdecken. Wie kleine Leuchtdioden strahlten die Lichter, aber es waren keine LED zu entdecken, der Ring strahlte von innen durch das Metall. „Na, egal!", dachte sich Erik. Schon Ewigkeiten hatte er seiner Frau nichts mehr schenken können. Bis zu ihrem Geburtstag in zwei Monaten wollte Erik mit dem Geschenk nicht warten. Vielleicht würden dem Ring die Batterien ausgehen!

Am Abend bereitete Hanna Bratkartoffeln mit Köttbullar. Sie selbst aß zwar lieber Kartoffelpüree dazu, aber Erik liebte Bratkartoffeln mit viel Speck. „Mein Schatz, schon lange habe ich dir nichts mehr schenken können", sagte Erik mit leiser Stimme. „Nein!", fiel ihm Hanna ins Wort. „Deine Liebe erhalte ich jeden Tag!" „Das ist lieb von dir, aber mit diesem Ring will ich vieles gut machen!", fuhr Erik fort. Hanna freute sich riesig, er passte auf den Mittelfinger. Bei dem anschließenden Fernsehprogramm musste Hanna die Hand unter ein Kissen legen, so hell strahlte der Ring. „Ach, Hanna, irgendwann sind die

Batterien leer, dann wird er dunkler!", flachste Erik. Tage vergingen, die Ernte war eingefahren, Hanna verkaufte die frische Ware im kleinen Ladenlokal. Jeder bestaunte den Ring, nur, abnehmen konnte Hanna den Ring nicht mehr. Mit jedem Tag, der verging, wurde Hanna schwächer. Erik bemerkte auch, dass seine Frau schneller alterte. Die Haut veränderte sich. Beide suchten einen Arzt auf. Zu einer großen Untersuchung wurde Hanna in ein Krankenhaus eingewiesen. Man fand nichts. Die Ärzte vermuteten eine Überarbeitung. Mit einer Gesichtscreme versuchte Hanna gegen die immer stärker werdenden Falten anzugehen. „Es wird wohl die Sonneneinstrahlung auf dem Feld sein, ich hätte auch besser einen Strohhut tragen sollen", sagte Hanna beim Abendessen zu Erik. Erik fiel im Laufe der Zeit auf, dass Hanna nicht schwächer wurde, sondern sie veränderte sich rein körperlich. Hanna ging gebückter, ihr Haarwuchs verstärkte sich, die Haut wurde blasser, aber Hanna entwickelte eine enorme Kraft. Kartoffeln, die sie in die Hand nahm, zerquetschte sie locker. Trotzdem verkaufte Hanna noch im Ladenlokal. Erstaunlicher Weise veränderte sich auch ihre Kundschaft. Nicht so gravierend, nicht so schnell, aber sie veränderte sich.

Erik erschrak eines Nachts, als Hanna im Traum Worte stammelte, die er nicht verstehen konnte, auch die Stimmlage änderte sich. „Rusch kermonex Komenex!", sagte sie mit tiefer Stimme. Erik rüttelte seine Frau wach. Morgens stand Erik müde und gebrochen auf. „War das eine Nacht", sagte er zu seinem Spiegelbild. Aber Erik erkannte sich kaum wieder. Seine Haut war schrumpelig, seine Haare enorm gewachsen. Ganz gleich, ob er seine Zahnbürste oder den Rasierer in die Hand nahm, er zerdrückte alles zu Staub. Die Ereignisse überschlugen sich von nun an. Erik ging zum kleinen Ladenlokal. Auf dem Weg dorthin verabschiedete sich Frau Sörensen mit den Worten: „Norex rusch demeto!" Erik antwortete: „Rusch kermonex Komenex rieh!" Weitere Kunden verabschiedeten sich. Sie zogen schließlich von Schweden weg. Sörensen gingen nach England. Die Lornsens nach Frankreich. Nils und seine Familie zog es nach Spanien. Am Abend gab es wieder Bratkartoffeln und Köttbullar. Hanna und Erik unterhielten sich, aber nun in einer anderen Sprache. Damit wir alle daran teilnehmen können, hier die Übersetzung: „Unsere Lebensform ist nun eingegliedert! Sobald sich die Körper an unseren Geist und Gestalt gewöhnt haben, können wir noch viele Jahre hier Leben und uns fortpflanzen!", sagte Hanna. „Ja, unsere ach so kleine Welt, der Tepto, das ist extrem kleiner als Milli, Piko und Nano, kann endlich wieder existieren!", fügte Erik hinzu. Der Ring war ein kleines Raumschiff mit weiteren Besatzungsmitgliedern, löste sich von Hannas Finger. Es blieben nur ein Dutzend kleiner Einstiche übrig, die wieder heilen würden. Die Lichter strahlten hell, das Raumschiff hob ab, um neue Welten zu besiedeln ... Ja, sie sind unter uns!

Die Kathedrale des Grauens

Auf einem Hügel im Spessart stand eine schöne alte Kathedrale im gotischen Stil erbaut. Sie war aber auch angsteinflößend. Rings umher nur tiefer Wald und Einsamkeit. Niemand traute sich in die Nähe dieser Kirche, denn es waren grausige Geschichten im Umlauf. Es hieß, dass dort immer um Mitternacht der Glockenturm betätigt wurde und leiser monotoner Gesang zu hören war. Fred und Angelika Neumann machten schon seit Jahren im Spessart Urlaub, doch bisher war ihnen nichts dergleichen zu Ohren gekommen. An einem warmen, sonnigen Urlaubstag wollten sie diesen Hügel erklimmen und sich umsehen. Eigentlich waren die Neumanns realistische Leute, die nicht an fantastische Geschichten glaubten. Fred und Susanne Neumann machten sich auf den Weg. Die Kirche lag einsam auf einem Hügel. Niemand ahnte wirklich, was sich dort abspielte. Die Leute in der Gegend erzählten sich die schlimmsten Geschichten. An einem besonders warmen Sommerabend gingen sie hinauf zur Kathedrale. Es dämmerte schon etwas. Im Halbdunkeln sah die Kirche furchteinflößend aus, obwohl sie auf der anderen Seite sehr schön war. Grelles Licht schien durch die eingestaubten Fenster. Aber, wie ist das möglich, zudem seit hunderten von Jahren keiner mehr dort oben war? Nur hin und wieder kam jemand, der nach dem Rechten sah. Langsam schob Fred den schweren Eisenriegel zur Seite. Es knarrte und quietschte verdächtig. Die schwere Eichentür ging von alleine auf. Susanne ging langsam hinter Fred her.

In der Kirche war alles hell erleuchtet. Woher kam dieses Licht? Elektrizität gab es hier nicht. Es brannten sechs Fackeln, die an der Wand rings um den Altar befestigt waren.

Eine unheimliche Atmosphäre war zu spüren. Wie angewachsen standen sie da. Sie wollten wieder gehen, aber irgendwas hinderte sie daran. Plötzlich durchdrang eine grausame Stimme den ganzen Kirchenraum. Sie flüsterte: „Kommt doch näher, hi, hi, hi. Ihr seid sowieso verloren. Wer einmal seinen Fuß in diese Kirche setzt ist für immer verloren." Starr vor Schreck stand das Ehepaar nun da und beide zitterten am ganzen Körper. „Hätten wir uns nur nicht überreden lassen, hierher zu kommen", sagte Fred. Nun war eine zweite, noch grausamere Stimme zu hören: „Ich bin Satan, Herrscher der Hölle. Diese Kathedrale ist seit mehr als 400 Jahren verflucht. Niemand durfte je einen Fuß über diese Schwelle setzen. Ihr habt es getan und werdet bezahlen." Die junge Frau bekam einen solchen Schreck, dass sie tot umfiel. Ihr Herz blieb einfach für immer stehen. Fred schrie laut und verzweifelt: „Bitte steh auf, komm zurück!" Aber sie hörte ihn nicht mehr.

Ein irres Lachen war zu hören: „Ha, ha, ha, ich sagte euch doch, hier kommt keiner lebend heraus." Ralf weinte und kniete vor seiner Frau, die am Boden lag und rief: „Wer spricht da?" Satan antwortete: „Eine Nonne, die vor vielen Jahren in meinem Namen schwarze Messen abgehalten hat. Sie konnte hunderte von Menschen dazu bringen, mich anzubeten. Leider verriet sie mich, als sie zum

Gottesglauben zurückging und musste dafür sterben. Weil sie nicht zur Ruhe kommen kann, spukt ihr Geist heute noch umher. Sie wurde unter dem Altar eingemauert." Fred versuchte mit ruhigen Worten zu antworten: „Wenn du der Allmächtige bist, kannst du bestimmt auch meine Frau wieder lebendig machen." „Ja, das könnte ich", antwortete er. „Wenn ich sie wieder bekommen kann, werde ich alles dafür tun. Sag mir was ich machen soll." „Ha, ha!", antwortete Satan. „Hast du dich nun der Hölle verschrieben?" „Wenn es nicht anders geht, dann werde ich es tun", sagte Fred. Es machte sich ein schwefeliger Gestank in der ganzen Kirche breit. Es erschien eine Gestalt, die den blanken Horror darstellte und noch schlimmer. Rote, blutunterlaufene Augen, das Gesicht eine einzige Fratze. Blut und Schleim tropfte aus einem Schlitz, der den Mund darstellen sollte. Die Haut hing in Fetzen herunter. Statt Füßen waren riesige Krallen zu sehen. Da wo normalerweise Hände waren, hingen ebenfalls Krallen herab. Der Teufel persönlich stand hinter ihm. „Du bist hier in die Kirche gekommen, aber du wusstest nicht, dass du sie nicht betreten darfst. Deine Frau musste sterben. Ja, du kannst es wieder rückgängig machen. Schließe dich mir an und du wirst sehen, deine Frau lebt." „Was soll ich tun?", rief Fred. „Du wirst nun ein von mir vorgesprochenes Gebet nachsprechen: Herr der Hölle, all meine Gedanken und auch mein Tun, aber vor allem mein Leben gebe ich in die Hände Satans. Ab sofort werde ich mit den verstorbenen Seelen hier in der Kirche schwarze Messen abhalten. Für immer werde ich den König der Hölle verehren, ihm gehorchen und alles Irdische hinter mir lassen." Es wurde stockdunkel. In der Mitte des Altars loderte ein riesiges Feuer und hässliche Fratzen schauten heraus. Mit einem furchtbaren Gestöhne, Geschrei und Geheul sog dieses Feuer Fred in sich auf. Man sah ihn nie mehr wieder. Seine Frau erwachte, aber ihr Mann war auf ewig in den Tiefen der Abgründe verschwunden.

Die Puppe

Einen richtig tollen Urlaub erwartete Familie Weber in diesem Sommer auf der Insel Sylt. Heinz-Peter Weber hatte bereits im letzten Jahr gebucht. Die sieben Tage waren wunderschön und ein Wiederkommen zwingend angesagt. Tüchtig gespart hatten die Webers, jetzt konnten sie sich eine Ferienwohnung für 89 DM leisten. Der Sommer 1974 war sehr heiß. Den Ford Taunus ließ der Vater gleich auf dem hauseigenen Parkplatz der Ferienwohnung stehen. Mit weißen Handtüchern deckte Mutter Hilde das schwarze Armaturenbrett und das Lenkrad ab. Im heißen Sommer vor zwei Jahren hatte das Armaturenbrett Risse bekommen. Heinz-Peter ärgerte sich sehr über diesen Schaden. Nun, eigentlich tut dies alles nichts zur Sache. Aber dies: Marion hatte ihre Lieblingspuppe am Strand verloren. Die ganze Familie suchte den Strand in Westerland ab. Dabei wollte Marions Bruder Marius lieber am Strand eine Sandburg bauen. Vater und Mutter einigten sich, dass es besser sei, eine neue Puppe zu kaufen, als einen so herrlichen Tag mit Suchereien zu vergeuden. Gesagt, getan. Jetzt hatte Fräulein Susi, wie Marion ihre neue Puppe nannte, allerdings blonde Haare. Fräulein Susi mit den roten Haaren wurde bei Flut mit ins Meer gezogen. Sie trieb direkt auf England zu. In Schottland, in der Nähe des Loch of Strathbeg, wurde die Puppe an die Küste gespült. Viele Vogel-, Insekten- und Säugetier-Arten sind hier beheimatet. Recht eigenartige Geschöpfe wollen Menschen hier schon gesehen haben. Aber Fräulein Susi hatte natürlich keine Angst. Zwischen zwei Felsen wurde die Puppe eingeklemmt. Leider hatte sie ein Auge verloren. Ein Organismus nutzte diese Gelegenheit und schlüpfte in die Puppe. Es dauerte gut und gerne 25 Jahre, bis etwas Eigenartiges passierte. Fräulein Susi bewegte Arme und Beine. Der Organismus formte seinen Körper in der Puppenhülle. Irgendwann befreite sich Fräulein Susi und schwamm in die Nordsee zurück, von dort aus in den Ozean in Richtung Amerika. Dabei paddelten Arme und Beine tüchtig. Das fehlende Glasauge ersetzte der Organismus durch sein eigenes Auge.

Über zehn Jahre war Fräulein Susi unterwegs, bevor die Reise am Strand von Boston endete. Jane Cormick joggte an diesem Tag am Strand. Ihr fiel die Puppe auf dem weißen Sand auf und sie nahm sie für ihre Tochter mit nach Hause. Tochter Jennifer freute sich riesig über das Geschenk der Mutter. Jetzt war der Name der Puppe Mrs. Lovely. Jeden Morgen wunderte sich Jennifer, dass Mrs. Lovely in der Nähe des Fressnapfes ihres Hundes lag. Langsam wurde der

Kunststoffkörper der Puppe spröde und riss an vielen Stellen. Eines Nachts schlüpfte der Organismus aus der Puppe. Jennifer hielt Mrs. Lovely beim Schlafen fest im Arm. Der Organismus bestand aus einer schleimigen Masse. Über Jennifers Mund kroch er in ihren Körper. Zwei weitere Jahre vergingen. Jennifers Körper veränderte sich in dieser Zeit. Das nun neunjährige Mädchen war die Beste im Schwimmunterricht. Ihre Wirbelsäule wurde immer elastischer. Die Ärzte verstanden diese ganzen Symptome nicht. Jennifer konnte über zwei Liter Flüssigkeit am Stück trinken und musste keine Luft dabei holen. Ihre Bewegungen an Land wurden schlangenartig, im Wasser fühlte sich das Mädchen sehr wohl. So oft es ging, saß Jennifer am Strand und beobachtete die untergehende Sonne. Ihren Eltern lief immer ein kalter Schauer über den Rücken, wenn Jennifer davon sprach, dass sie irgendwann einmal für immer im Meer leben würde. „Bald werde ich euch verlassen müssen. Ich liebe euch. Aber das Meer ruft mich. Bitte versteht mich." Monate vergingen. Es war ein herrlicher Tag am Strand in der Nähe Bostons. Alle lachten und waren fröhlich. Plötzlich stand Jennifer auf. Sie sah auf das Meer, ging langsam darauf zu und drehte sich noch einmal zu ihrer Familie um, um ihnen ein Küsschen zuzuwerfen. Dann tauchte sie ins Meer ein. Noch ehe Jennifers Familie alles realisieren konnte, verschwand die Tochter in den Weiten des Meeres. Eine sofort eingeleitete Suchaktion der Wasserschutzpolizei brachte keinen Erfolg, Jennifer blieb verschollen. Eines Tages erhielten die Eltern von Jennifer eine Mail aus Schottland: „Hallo, wir haben gestern einen menschenähnlichen Körper am Strand gesichtet. Das Gesicht sah wie das Ihrer vermissten Tochter aus. Glauben Sie uns, wir haben nicht geträumt. Statt Armen und Beinen hatte es Flossen am Körper. Das Wesen schaute uns an und verschwand wieder im Meer."

Ein Geist auf Wanderschaft

Als wir in das Haus einzogen, wussten wir noch nicht, was uns erwartet. Es ist ein vierzig Jahre altes Reihenhaus, nichts Besonderes, aber es ist für uns erschwinglich. Von außen macht es nicht viel her, darum wollten wir es uns von innen umso schöner machen. Die ältere Dame lernten wir noch kennen. Sie bewohnte dieses Haus von Anfang an, war immer selbstständig und hatte stets einen Hund um sich herum. Ihre Hunde waren immer ganz besonders lieb. Ob aus dem Tierheim oder vom Züchter, ganz ohne Hundeschule und Training, übertrugen sich die guten Eigenschaften der älteren Dame, auf ihre Hunde. Ja mehr noch, sie zog alle Tiere in ihren Bann. Bei der Verabschiedung sagten wir ihr noch, dass wir ebenfalls einen Hund als Wegbegleiter haben möchten. Einen Mops, genauso wie sie ihn hat. In das Seniorenheim, in das die ältere Dame einzog, durfte sie ihren Mops mitnehmen. Jeden Abend schliefen sie gemeinsam in einem Bett ein. Der Mops machte es sich am Fußende gemütlich. Gern verließ die ältere Dame ihr Haus nicht, aber das Alter und die Krankheit zwangen sie dazu. Wir richteten es uns mit den übernommenen Möbeln und unseren mitgebrachten Dingen recht hübsch auf den drei Etagen ein. Auf allen Etagen schafften wir auch Schlafgelegenheiten für unsere Enkel. Nun ja, es sind auch Ausweichquartiere, falls ich einmal wieder etwas lauter schlafe oder meine Frau durch die Wärme im Sommer nicht einschlafen kann. „Bist du in der Nacht im Souterrain gewesen, das Licht brannte heute Morgen noch?", fragte ich meine Frau. „Nein, allein trau ich mich sowieso noch nicht nach unten", antwortete meine Frau. Nun ja, ich dachte nicht weiter darüber nach. Natürlich wusste ich, dass meine Frau die letzten Worte der älteren Dame im Kopf hatte. „Hier im Souterrain schlafe ich immer gern mit meinem Mops im Sommer, da ist es schön kühl. Ach, eigentlich will ich gar nicht weg hier." Heute holten wir unseren neuen Mitbewohner ab. Eine fünf Monate junge Mopshündin. Ein frischer Wind wehte nun in unserem Haus. Gerade, wenn die Enkel wieder abfuhren, ersetzte Lilly Mops die Lebendigkeit, die die Enkel ausströmten. Nur mit der Reinlichkeit von Lilly hatten wir unsere Probleme. Überall fanden wir Trittbomben, so nannte meine Frau die kleinen Hinterlassenschaften. Nun, wir waren eben Anfänger, nicht so erfahren wie die ältere Dame. In den nächsten Tagen passierten eigenartige Dinge in unserem Haus. Wir schliefen wieder im oberen Schlafzimmer, als wir Geräusche aus dem Souterrain hörten. Das Licht war erneut eingeschaltet, die Tür geöffnet. Tage später schliefen wir in der mittleren Etage, nachdem Lilly Mops sich auf der Schlafzimmermatratze verewigt hatte und diese tüchtig gereinigt werden musste.

Um 23:30 Uhr ertönte aus der oberen Etage das Stofftier von Lilly Mops. Nicht nur einmal, sondern öfter hintereinander. Der Spuk endete um Mitternacht. Das Geräusch ließ sich übrigens nur entlocken, wenn man auf das Stofftier biss oder darauf trat. Wir waren zugegebenermaßen schon beide ängstlich und erschrocken darüber. Es ging jedoch weiter. Wir erinnerten uns, dass wir bei unserem ersten Kennenlernen mit der älteren Dame beim Frühstück eine Musik gehört hatten.

„Das sind meine Lieblingslieder, die CD hat mir meine Enkelin zusammengestellt. Jetzt spielt sie im Küchenradio jeden Morgen", sagte unsere Gastgeberin damals. Wir verbrachten einen ganzen Tag mit ihr. Alles im Haus erklärte sie uns. Gegen 8 Uhr am Abend unterschrieben wir in ihrem Büro in der obersten Etage den Vertrag. Jetzt kämpften wir gegen die Tretbomben an, dachten nicht mehr an das Gewesene. Und doch wurden wir immer wieder aufgeschreckt. Eines Morgens, wir kamen gerade aus dem Bad, ertönte aus der Küche diese Musik der älteren Dame. Wir standen wie versteinert auf der Treppe. Den ganzen Tag spekulierten wir darüber, denn das Gerät musste mit dem Startknopf zum Laufen gebracht werden. Aber wir waren es beide nicht. Gegen Abend saßen wir im Büro, planten den nächsten Tag, sprachen noch über die kuriosen Ereignisse. Lilly Mops schlief schon in ihrem Körbchen, da lachte es ganz laut im Zimmer. Es war ein Lachsack, zweifellos, aber wo kam das Geräusch her? Wer löste es aus? Wir erschraken fürchterlich. Tagelang durchsuchten wir das Zimmer. Das Katzenkuscheltier konnte es nicht sein, es miaute. Das Pferd-Kuscheltier wieherte. Der Vogel zwitscherte. Nein, es war kein Lachsack zu finden.

Irgendwann, meine Frau gab einfach nicht auf, entdeckte sie ein zweites Geräuschmodul im Pferd. Es war der Lachsack. Aber wir drei hatten ihn nicht ausgelöst. Nun waren wir davon überzeugt, dass die alte Dame anwesend war, natürlich nur ihr Geist. Wir erfuhren, dass sie vergesslich wurde, immer mehr in der Vergangenheit lebte. Und wir lebten in der Zukunft, kämpften gegen die Häufchen im ganzen Haus. Eigenartiger Weise erledigte Lilly Mops nur die kleinen Geschäfte im Garten. Eines Tages kam meine Frau kreidebleich ins Schlafzimmer, es war fünf Uhr in der Frühe. Sie weckte mich und sagte: „Ich bin mit Lilly Mops in den Garten gegangen. Lilly hat all ihre Geschäfte dort erledigt. Sie konnte gar nicht schnell genug nach draußen kommen. Ich freute mich sehr. Als ich auf der Terrasse war, begann plötzlich der Schaukelstuhl ganz kräftig zu schaukeln. Lilly Mops und ich rannten schnell ins Haus. War es wohl die ältere Dame?" Wir wissen es nicht, wir können es nur vermuten. Aber eines steht fest, Lilly Mops war nun sauber, sie wusste jetzt, wo sie ihre Geschäfte erledigen musste. Sie lief bis zum Ende des Gartens, nahe dem Komposthaufen, und verrichtete dort jeden Tag ihre Bedürfnisse. Der Spuk nahm übrigens ein Ende. Meine Frau und ich sind der Meinung, die ältere Dame erzog in ihrer lieben Art, noch einmal einen Hund.

Denn sie wussten nicht, was sie taten

Es war in den fünfziger Jahren. Es ist die Zeit des Wirtschaftswunders. Aber auch eine Zeit, in der viele das haben wollten, was in den Schaufenstern angeboten wurde. Auch wurden wieder Autos gebaut. Viele liefen noch nicht auf den Straßen, aber sie waren für die meisten Arbeiterfamilien unerschwinglich. Es war ein großes Angebot an Gütern vorhanden. In dieser Zeit aber nicht für jedermann erschwinglich. Holger Biermann, Freddy Lindenwald, Günther Faber und Roland Esser, saßen an einem Samstagabend fast resigniert am Stammtisch, an dem sie sich jedes Wochenende trafen. Die jungen Männer arbeiteten unter Tage. Jeden Tag der Dreck und die stickige Luft im Stollen zermürbte sie. Sie wollten reich sein. Träumten davon irgendwo am Strand zu liegen und das Leben zu genießen. Sie diskutierten den ganzen Abend immer über das gleiche Thema. Außerdem sagte Holger: „Was ist denn schon los hier in Herne?"... „Schaut euch doch mal um hier, ihr werdet nichts finden was euer Herz erfreut. Weit und breit nur Baustellen."... „Ja, du hast Recht, Holger.", sagte Freddy Lindenwald. „Nur, leider sind wir an diese Stadt gebunden." Der älteste in der Runde war Günther Faber. Faber meinte: „Hört auf zu nörgeln, Jungs. Entweder wir unternehmen jetzt etwas oder wir finden uns damit ab unter Tage zu arbeiten und in dieser Stadt zu versauern." „Hast du einen Vorschlag, was wir tun könnten?" Roland Esser meldete sich nun auch zu Wort: „Ihr habt ja Recht. Auf der einen Seite ist hier nichts los und im Stollen hab' ich auch keine Lust zu versauern. Aber nicht nur hier in Herne wird es so aussehen. Und auch ich hätte große Lust mehr Geld zu haben und hier abzuhauen."

Die vier Männer kamen auf eine dumme Idee. Holger machte den Vorschlag einen Güterzug in der Nähe von Esslingen zu überfallen. „Holger, du hast doch wohl den Realitätssinn völlig verloren.", meinte Freddy Lindenwald. „Aber warum denn, wenn wir genau überlegen was zu tun ist, kann doch nichts schief gehen.", sagte Günther.

Alle Männer kamen zu der Übereinkunft, genau heraus zu bekommen, wann der Zug in den Bahnhof einfährt, rangiert und abgekoppelt wird. Und wann die Ware entladen wird. Außerdem ist in diesem Zug, so hatte sich Holger schon schlau gemacht, eine größere Menge Bargeld zu finden. Der Zug beinhaltet teure Seidenstoffe, die aus der Türkei kommen, außerdem mindestens 250.000 DM an Bargeld. Der Güterzug wird akribisch genau überwacht. „Es wird nicht einfach sein, das Ding durchzuziehen, aber es wird sich für uns alle lohnen, wenn wir zusammenhalten und uns genau an den Plan halten.", sagte Holger Biermann. Am nächsten Morgen waren die Männer wieder mit ihrer Arbeit im Stollen beschäftigt und die Gedanken an einen Überfall waren erst einmal zurückgestellt. Abends am Stammtisch wurde dann wieder diskutiert und beratschlagt über den Überfall. Alle wollten diese Aufgabe erledigen, denn der Traum vom Reichtum sollte Wirklichkeit werden.

Freddy, Holger und Günther kundschafteten am anderen Tag alles aus. Sie wussten nun genau, wann der Zug einfährt. Wann er abgekoppelt und entladen wird. Auch bekamen sie heraus, wo sich der Tresor mit dem Geld im Zug befand. Wie viele Wachposten im Zug und sich draußen aufhielten, während der Wagon entladen wird. Sie tranken einige Biere und besiegelten damit ihren Plan. Für den Überfall, planten sie den Freitagnachmittag. Alles musste sehr schnell gehen, sie durften keine Zeit verlieren.

17 Uhr, Freitag der 11, März 1950 in Esslingen. Alle Männer waren auf ihren Posten. Als Zugführer war Harry verkleidet. Günther als Gleisbauer und die anderen beiden lungerten als Fahrgäste auf dem Bahnhof herum. Der besagte Zug fuhr langsam ein. Die Spannung stieg bei den Männern. Aufregung pur. Der Adrenalinspiegel stieg gewaltig. Jetzt ging alles rasend schnell. Die Wachtposten wurden außer Gefecht gesetzt. Im Wagon handelten die Männer sehr schnell. Alles war gut durchdacht. Sie fanden relativ schnell den Tresor und überwältigten den Zugführer. Alles klappte ausgesprochen gut. Der Tresor war tragbar, sodass sie schnell weg konnten.

Schnell sprangen sie in den dafür vorgesehenen Kombi und fuhren sofort Richtung Süden. Niemand erkannte sie, keiner hielt sie auf. Sie fuhren ihrem Traum vom Reichtum entgegen ohne ein schlechtes Gewissen zu haben. Man sah sie nie mehr in Herne.

Die Mausefalle

Familie Kardau war eine reiche Familie. Niemand konnte ahnen, womit sie ihren Reichtum zusammentrugen. Die männlichen Familienmitglieder waren nicht gut in der Stadt angesehen. Sie waren stets unfreundlich und wollten immer Recht behalten. Frau Kardau und ihre Tochter waren wiederum beliebt. Sie versuchten die Boshaftigkeit der anderen Familienmitglieder zu überdecken. Irgendwann dachte Robert Kardau, Sohn von Paul, dass er nun an der Reihe wäre, das Geld und das Vermögen an sich zu bringen. Die Stimmung innerhalb der Familie war sehr gereizt.

Das viele Geld brachte zwar Reichtümer, Sportwagen, eine Segeljacht und was es sonst noch so gibt. Alles hätten sie genießen können, jedoch Vater und Sohn wurden immer egoistischer. Frau Kardau und ihre Tochter hatten sowieso nichts zu melden. Den Patriarchen des Hauses zu bedienen, war ein ungeschriebenes Gesetz. Jeden Abend träumte Robert von diesem Reichtum. Er war ein geborener Angeber. Doch seine Intelligenz war unübertroffen. Er wusste, dass sein Vater bei schlechter Gesundheit war.

Also plante er Paul umzubringen, damit er schneller an das Erbe kommen konnte. Da Robert auf Nummer sicher gehen wollte, entwickelte er einen ausgeklügelten Plan. Ein schnell wirkendes Gift musste her, das er sich über einen Hehler besorgen wollte. Robert präparierte zunächst die Schwimmflossen des Vaters. Mit seiner Fantasie malte sich Robert genau aus, was passieren würde. Sein Vater fuhr mit dem Motorboot oft zum naheliegenden See und setzte sich immer zuerst auf den Bootsrand, um die Schwimmflossen und die Taucherbrille anzulegen. Dann ließ er sich rückwärts ins Wasser fallen. Alles passierte vor den Augen seiner Geliebten Gabi. Nur diesmal stieß die Nadel mit dem flüssigen Gift zu. Paul würde nicht mehr auftauchen. Man würde Gabi als Mörderin verdächtigen. Seine Fantasien gingen weiter. Einmal im Monat, traf sich Paul mit seinen Freunden beim Skat. Drei davon waren Zigarrenraucher. So freigiebig wie Paul war, hat er sich immer mit teuren Zigarren die Freundschaft der anderen erkaufen wollen. Robert präparierte die vierte Zigarre. Das Gift wirkt auf die Lunge und löst einen Hustenanfall aus. Er wusste auch, dass sein Vater gern den Sportwagen fährt. Etwa 500 Meter nach der Hofausfahrt telefonierte er immer mit Gabi. Robert manipulierte auch das Handschuhfach. Alles präparierte er mit einer Giftspritze. Es kam der Tag, an dem es einen kompletten Telefonzusammenbruch gab. Robert befand sich in seiner Lieblingsbar. Seine Schwester traf sich heimlich mit Johann.

Johann war der Sohn eines angesehenen Industriellen aus Österreich. Auch der Vater von Johann fiel auf die kriminellen Machenschaften von Paul Kardau herein. Er verlor Millionen. Johann und seine Angebetete schmiedeten Zukunftspläne. Er wollte sie aus dieser Familie herausholen. Nur Frau Kardau war mit ihrem Mann allein im Haus. Das Telefon funktionierte nicht. Paul befahl seiner Frau das Handy aus dem Wagen zu holen. Nach einer

Stunde fand er sie leblos neben dem Wagen liegen. Durch die Beerdigung wurde das Skatspiel abgesagt. Natürlich auch das Tauchen. Die Tochter suchte Trost bei Johann. Nutzte aber auch die Gelegenheit zu fliehen. Diese Zeit nutzte Roberts Hehler aus, um in das Anwesen einzubrechen. Er war nicht nur Hehler, sondern auch Dieb. Wie üblich, zu den normalen Einbrecherutensilien, trug er eine Waffe bei sich. Es ist kein Geheimnis, aber die Verandatür ist nicht gut gesichert. Das Wohnhaus wurde nach einem Tresor durchsucht. Paul Kardau, hörte die Geräusche, ebenfalls der Sohn. Paul wollte den Einbrecher stellen und holte seine Waffe aus dem Schlafzimmer und wollte den Einbrecher stellen.

Beide schießen und Paul wurde tödlich getroffen. Der Einbrecher wurde am Bein verletzt. Er lag am Boden. Nun kam Robert ins Spiel und sah die Tragödie. Der Einbrecher, der ja auch Roberts Hehler war, sagte: „Na, da habe ich dir wohl einen Bärendienst erwiesen." „Hilf mir auf, gib mir 100.000 und die Sache bleibt unter uns." Robert ging zum Tresor, öffnete ihn, ergriff das Geld und fiel kurz danach leblos zu Boden. An seinen Fingern verklemmte sich eine Mausefalle mit einer Giftinjektion, die Paul Kordau aufgestellt hatte. Roberts Schwester übrigens, machte Johann sehr glücklich. Das Vermögen der Kordaus wurde für wohltätige Zwecke gestiftet.

Balkon zum Jenseits

Aus der Polizeiakte: „…. Weiterhin konnte eine Manipulation nicht festgestellt werden. Der Fall ‚Tote auf dem Balkon', Aktenzeichen SD3-OG55SK7, wird hiermit geschlossen. Kriminalkommissar Gerd Schemberg, 06.05.2015 Stuttgart." Ja, dann ist es ja gut, das ist dann wohl die kürzeste Kurzgeschichte, die es je gab. Nun, im Ernst, da steckt viel mehr dahinter. Ich bin Journalistin und recherchiere über Internetmobbing, mein Name ist Beate Dresens vom Kurier. Über diesen Fall wurde viel berichtet, viel recherchiert, nicht nur durch die Kripo, sondern auch vom Bauamt. Aber irgendwie lagen alle etwas daneben. Damit will ich mich nicht größer machen, aber ich entdeckte da etwas. Alles begann wohl, so meine Recherche, im Juni 2014. Frank Alwendi, ein erfolgreicher junger Manager einer Produktionsfirma hier in Stuttgart, ersteigerte im Internet eine Eigentumswohnung. Man muss sich vorstellen, für 17.000 Euro. Also, ich bitte Sie, liebe Leser, dafür gibt es gerade mal einen Kleinwagen, ohne Bett und Küche. Und fließendes Wasser nur im Motorkühler. Auf jeden Fall war der Haken daran, dass mindestens 125.000 Euro in die Renovierung fließen mussten. Eine neue Tapete und Gips reicht da nicht. Alwendi begann nun mit den Maßnahmen, zunächst der Fußboden und die elektrischen Leitungen. Die Fenster sollten im Zuge mit dem maroden Balkon als nächstes auf dem Plan stehen. Zwischen Balkon und Mauerwerk sah man einen zwei Zentimeter großen und etwa 120

Zentimeter langen Riss. Wasser drang ein, im Winter sprengte das Eis alles weiter auseinander. Der rechte Stahlträger war marode und rostete. In der Firma lief es, wie gesagt, für Frank sehr gut. Bis auf den Tag, an dem die zielstrebige Ilona Meiering vorstellig wurde und ihre Idee verkaufen wollte. „Es tut mir leid, Frau Meiering, aber wir können mit unseren Kunststoffen Ihre Idee nicht realisieren, sorry!", sagte Frank Alwendi. „Na dann vielleicht auf einen Kaffee?", entgegnete Ilona Meiering. Reserviert und doch sehr höflich lehnte der Manager ab.

Heute wurden im Wohnzimmer neue Steckdosen verlegt. Frank hatte es eilig, den Zettel an der Windschutzscheibe steckte er beiläufig ein. Herrlich verchromte Teile ließ er sich einbauen, für mich als Frau war das wunderbare daran, trotz Verchromung, dass man keine Fingerabdrücke sah. Also einen Polizeibericht dürfte ich nicht schreiben, der wäre vier Mal so lang, wie der von Kommissar Schemberg. Ach ja, der eingesteckte Zettel. „Einen Sekt bei mir heute? Ich wohne unter Ihnen! Liebe Grüße Ilona." Frank ignorierte den Zettel, schließlich würde gleich seine Verlobte Angelika nach Hause kommen. Die Tage vergingen mit fleißiger Arbeit und Stuck-Arbeiten im Wohnzimmer. Von nun an klemmte jeden Tag ein Zettelchen unter dem Scheibenwischer. Ab jetzt kamen auch Anfragen in sozialen Netzwerken. Ab jetzt wurde Ilona sehr aufdringlich. In der Firma lief es weiterhin gut. Frank Alwendi sollte die Werksprodukte in China vorstellen, auch die Staaten waren sehr interessiert. Der Manager war durch seine Kompetenz, sein Benehmen und Aussehen bestens geeignet dafür. Ach ja, Angelika war die Tochter vom Chef, das musste ich noch erwähnen. Aber ich finde auch, dass Frank gut aussieht. Ich dürfte wirklich keinen Polizeibericht schreiben. Ein lange vergessenes Urlaubsbild sorgte dann für schlechte Laune. Ein Strandbild mit Svenja, das vor etwa drei Jahren aufgenommen wurde. Angelika und Frank waren seit zwei Jahren ein Paar. Svenja war eine Urlaubsduselei. Nur, auf dem Foto, war jetzt Ilona zu sehen, lediglich der Kopf, man wusste ja, was mit der Bildbearbeitung so alles möglich war. Zunächst war das Bild in den Netzwerken. Frank schaute nur gelegentlich hinein, aber die fast 2.600 User sahen und teilten es. Die Wohnung wurde für den Einbau eines Kamins vorbereitet. Frank sicherte die Balkontür mit einem Kindergitter ab. Jetzt konnte die Tür offenstehen, ohne dass der kleine Paul, Angelikas Sohn, auf dem maroden Balkon in Gefahr kam. Frank sah, dass der Eisenträger fast durchgerostet war, jetzt wurde es höchste Zeit für Erneuerung. Das manipulierte Urlaubsbild hing am anderen Tag an allen Bäumen in der Straße, klemmte an Autos, ja, es drang bis in die Firma vor, auch zu Angelika. Frank öffnete seine Seite im sozialen Netzwerk und sah die Bescherung. Das Konto war gehackt. Ilona führte praktisch einen Liebesdialog mit sich selbst in Franks Account. Löschen nutzte nichts mehr, der Schaden war zu groß. Angelika trennte sich von Frank, die Firma kündigte fristlos mit dem Grund: „Herr Frank Alwendi ist für die Firma Deg... und Co KG untragbar geworden." Es begannen Depressionen bei Frank Alwendi, sozialer Abstieg und

Geldnot, aber das Stalking ging weiter. Frank versäumte es einfach, die Kripo einzuschalten. Der ehemalige Top-Manager war am Ende. Die ersten sonnigen Tage im April 2015. Ilona sonnte sich auf ihrem Balkon, es war Sonntag. Sie schlief ein, bemerkte den feinen Staub nicht, der von oben wehte, vom oberen Balkon. Dort nahm Frank eine Eisenstange der Monteure und drückte den maroden Balkon langsam und mit aller Kraft aus der Verankerung. Wie oben im Polizeibericht zu lesen war, konnte Kommissar Schemberg nur einen traurigen Zufall erkennen und keine weiteren Spuren finden. Eine junge Frau war im falschen Augenblick am falschen Ort.

Botschaft aus dem Jenseits

Wie in jeder Ehe, so hatten auch Joachim und Elke Höhen und Tiefen. Beide wurden vor dem zweiten Weltkrieg geboren. Beide erlebten das Donnern der Bomben. Elke versteckte sich dabei immer im Keller des Hotels Kaiserhof. Ihre Großeltern bewirtschaften das Hotel. Hier wurde Elke auch geboren und lebte bis zur Studienzeit in ihrem kleinen Zimmer in der obersten Etage. Joachim war etwas jünger als Elke. Beide verliebten sich in den 1970-er Jahren ineinander. Elke hatte aus erster Ehe eine Tochter. Für Elke und Joachim begann ein neuer Zeitabschnitt. Joachim hätte gern Elkes Tochter adoptiert, aber dies wollte sie auf keinen Fall. Leider war Carola sehr eifersüchtig. Sie bestand darauf, in ein Internat aufgenommen zu werden. Elke und Joachim bewohnten ein kleines Reihenhaus, ließen Carolas Zimmer immer unberührt, denn vielleicht würde sich die Eifersucht irgendwann legen. Wie gesagt, es gab Höhen und Tiefen, so auch bei Elke und Joachim, aber es überwogen nach vierzig Ehejahren doch die Höhen. Beide wirkten perfekt aufeinander abgestimmt. Wortlos verstanden sie sich. Was aber nicht bedeutet hätte, dass sich beide nichts mehr zu sagen hatten, im Gegenteil, über alle Themen konnten sie stundenlang diskutieren. Mit der Zeit entstand eine tiefe Seelenliebe. Nichts, aber wirklich nichts, konnte sie aus dem Sattel heben. Alles bewerkstelligten sie gemeinsam. Beide kannten sich in- und auswendig. Eines Tages erkrankte Elke. Sie hatten bereits damit gerechnet, dass es geschehen könnte, denn in Elkes Familie erkrankten viele an Demenz. Immer und immer wieder kämpften sie dagegen an. Joachim trainierte Elkes Erinnerungen täglich bis zu zwei Stunden. Ob Kreuzworträtsel, Urlaubserinnerungen, Diskussionen, einfach die gesamte Bandbreite durch. Der behandelnde Arzt bestätigte, dass auf diese Art und Weise wohl eine Verschlechterung der Krankheit um zwei Jahre verschoben werden könnte. Und das bedeutete mehr Lebensqualität. Joachims Einsatz wuchs. Auch er wurde krank, es war der Rücken. Joachim lebte nun nur noch mit Schmerztabletten, aber sein Einsatz wurde deshalb nicht weniger. Im Gegenteil, denn Elke wurde immer träger. Carola beobachtete diese Situation akribisch. Und es kam der Tag, an dem sie zuschlug. Joachim musste zu einer Untersuchung, Elke war allein zu hause. Carola stürmte mit ihrem Ehemann die Wohnung und beide schleppten Mutter Elke unter den Armen aus dem Haus. Joachim fand nur einen Zettel auf dem Küchentisch. Man wollte Mutter Elke untersuchen lassen, da man vermutete, dass Joachim sie gezielt um die Ecke bringen wollte. Joachim brach zusammen. Es war nicht mehr möglich, einen Kontakt zu seiner Frau herzustellen. Drei Monate vergingen, mittlerweile war Joachim psychisch sehr krank geworden. Bei jedem Geräusch im Haus rief er: „Elke, ich komme sofort zu dir!" Aber Elke war nicht da. Eigenartige Dinge geschahen im Haus. Dinge, die niemand erklären konnte. Die noch eingelegte Lieblings-CD von Elke startete in der Nacht automatisch. Geräusche, wie Joachim sie von Elke kannte, hörte er zu allen Zeiten. Er war immer wie versteinert, wurde schlapper und lustloser. Das Leben wurde ohne Elke sinnlos. Den Haushalt übernahm an einem Tag in der Woche Joachims Schwester. Sie kaufte ein und sorgte für Sauberkeit im Haus. Beide unterhielten sich immer wieder über den Vorfall. „Halte mich nicht für verrückt, aber ich spüre Elke deutlich hier im Haus. Es geht ihr nicht gut. Sie verlässt immer mehr ihren Körper", sagte Joachim oft. Joachims Schwester versuchte ihrem Bruder zu glauben. Eines Morgens sagte sie zu Joachim: „Du hast heute Nacht im Schlaf gesprochen. In einer anderen Stimmlage fragtest du ‚Wo bist du?'. Wenn ich das noch einmal höre, nehme ich es auf mein Diktiergerät auf." Joachim sagte darauf: „Siehst du, Elke versucht Verbindung aufzunehmen. Sie ist hier um uns herum, ich weiß es, ich spüre sie, wir sind eins." Tatsächlich passierte es noch weitere Male. Und dann kam die Nacht der Erkenntnis. Mit fremder Stimme fragte Joachim: „Wo bist du? Ich habe Gerd getroffen. Gerd wurde von unserer Tochter Carola umgebracht. Als Gerd sich von mir trennte, duldete Carola das nicht und vergiftete meinen damaligen Mann. Carola ist krankhaft eifersüchtig. Wo bist du?" Mit dieser Aufnahme gingen Joachim und seine Schwester zur Kripo. Hier rollten die Beamten den Tod von Gerd Krömer neu auf. Carola verstrickte sich bei der Befragung in Widersprüche und gestand die Tat schlussendlich. Der Aufenthaltsort von Mutter Elke wurde bekannt und Joachim konnte seine Frau wieder zurückholen. Elke war bereits sehr geschwächt. Trotzdem sagte sie mit klarem Verstand und klarer Stimme: „Ja, hier bei dir bin ich zu Hause. Hier fühle ich mich wohl." Beide konnten noch ein wenig Zeit miteinander verbringen. Es war fünf vor zwölf, aber auch die letzten fünf Minuten im gemeinsamen Leben waren sehr wichtig.

Das Medium

Mit täglich fünf Kunden rechnete Josefine Krodell. Ihr Arbeitsraum im eigenen Haus war dunkel eingerichtet. Überall waren Kerzen und Symbole aufgestellt. Auf dem runden Holztisch stand eine Glaskugel. Rechts daneben lagen Karten. Josefine war Medium. Ihre Kunden konnten Fragen stellen, Josefine stellte einen Kontakt zur geistigen Welt her und Antworten standen sofort an. Es ging so schnell, dass Josefine erst gar nicht auf die Idee kommen konnte, irgendetwas zu manipulieren. Kunden stellten auch oft nur Testfragen, aber bei richtiger Interpretation hatte Josefine eine Trefferquote von 98 Prozent. Josefine Krodell war verheiratet und Mutter eines Sohnes. Bereits in ihrer Jugend sah sie außergewöhnliche Bilder vor ihrem geistigen Auge. Ungewöhnlich war auch, dass metallische Teile von ihrem Oberkörper regelrecht angezogen wurden und kleben blieben. Heute gab sie ihre Wahrnehmungen gern, gegen einen wirklich kleinen Beitrag, an ihre Kunden weiter. Irgendwie muss sie den richtigen Weg gefunden haben, denn ihre Kundenzahl wuchs und wuchs. Ihr Mann Norbert und ihr Sohn Max haben eine ganz besondere Leidenschaft, die Josefine nur bedingt teilte. Zum einen war es eine riesige Autorennbahn auf dem ausgebauten Dachboden; Favorit von Max war dabei der Ferrari von Michael Schumacher. Außerdem sammelten beide „Männer" im Haus noch Compact-Cassetten. Max war ganz besonders angetan von Abenteuer-Kassetten, der Vater sammelt die ersten Bänder der Welt ab dem Jahr 1963. Heute kam per Post wieder ein Päckchen mit zwei Kassetten. Max war noch in der Schule und Norbert in der Firma. Josefine nahm das Päckchen entgegen und packte es aus, um die beiden Bänder auf den Mittagstisch zu legen. Die Kassetten stammen von einem Händler nahe Nürnberg. Das Mittagessen brauchte noch etwa vierzig Minuten. Josefine setzte sich auf den Küchenstuhl, nahm eine Kassette in die Hand und schloss die Augen. Es war eine Jugend-Kassette, Fünf Freunde, aus dem Jahr 1975. Allmählich sah Josefine verschwommene Bilder, dann wurden sie schärfer und schließlich sogar farbig. Sie sah, wie der kleine Bernd fröhlich aus Papas neuem Audi 100 stieg und in sein Zimmer stürme. In der Hand hielt er die brandneue Hörspiel-Kassette. Bernd legte die Kassette sofort in seinen Compact-Cassetten-Recorder ein. Ganz gespannt saß er nun auf seinem Bett und hörte die Geschichte von der Schatzinsel, auf der fünf Freunde ihre Erlebnisse hatten. Bernd hörte nicht, dass seine Mutter bereits zum vierten Mal zum Essen gerufen hatte. Plötzlich ging die Kinderzimmertür auf und da stand Mutter nun. Na, dachte Josefine: „Das ist ja wie bei Max so. Es wiederholt sich doch alles im Leben." Josefine stand auf und holte den Braten aus dem Ofen, in zwanzig Minuten würden ihre Männer eintreffen. Sie setzte sich wieder an den Küchentisch und betrachtete die andere Kassette. „Oh, endlich mal etwas für mich, ‚Twist im Star Club', eine Philips Kassette aus dem Jahr 1965", sagte Josefine so vor sich hin. Wieder sah Josefine alles ganz deutlich. Die Musik spielte sehr laut. Zigarettenrauch machte das Wohnzimmer nebelig. Sie sah einen Wohnzimmerschrank in Palisander. Der Fernseher zeigte Schwarzweiß-Bilder. Darüber hing ein Kalender, der das Jahr 1966 anzeigte. Josefine sah alles aus den Augen einer auf der Couch sitzenden Person. „Gefällt dir die Kassette, Kurt?", fragte diese Person. Auf dem Tisch standen ein Käse-Igel und diverse Flaschen, wie Wein und Wodka. Ein Mann kam in den Raum, die Zigarette in der Hand, er war wohl angetrunken, hatte auffällige Tätowierungen am Arm. Er setzte sich ebenfalls auf die Couch. „Komm, Mädchen, sei nicht so zickig!", lallte der Mann. Für die Person, aus dessen Sicht Josefine alles sah, wurde es nun sehr ungemütlich. Es handelte sich um Beate Kramer. Josefine sah sogar ihren Ausweis, als Beate in ihrer Handtasche den Lippenstift suchte. Der Mann vergewaltigte Beate und erschlug sie dann mit der Wodka-Flasche. Überstürzt lief der Mann aus der Wohnung. Im Hausflur begegnete er Kurt, der aus dem Automaten um die Ecke Zigaretten ziehen wollte. „Na, Gerd, wieder zu tief ins Glas geschaut? Ich habe heute Besuch von meiner neuen Flamme Beate!", sagte Kurt. Wortlos verließ Gerd das Gebäude. Josefine bekam einen Weinkrampf und sie schrie laut. „Schatz, was ist passiert!", fragte ihr Mann Norbert, der soeben in die Küche kam. Max kam hinzu. „Max, gehe bitte in dein Zimmer, hier ist deine Kassette, Mami hat sich wohl am Kochtopf verbrannt", sagte der Vater zum Sohn. Stunden später machte Josefine eine Aussage bei der Kripo. Tage später erhielt sie den Bescheid, dass der Mord aus dem Jahr 1966 an Beate Kramer nie aufgeklärt wurde. Kurt Degenhardt war zwar der Hauptverdächtige, aber seine Fingerabdrücke passten nicht zur Mordwaffe, der Wodka-Flasche. Kurt war beim Anblick seiner zukünftigen Frau so geschockt, dass er die Begegnung mit Gerd im Hausflur völlig vergaß. Jetzt wurde der mittlerweile 70-jährige Mann noch einmal vernommen und nach einem Mann mit auffälliger Tätowierung auf dem Arm gefragt. Er erinnerte sich an seinen Nachbarn Gerd Segmüller. Mord verjährte nie. Der 75 Jahre alte Gerd Segmüller wurde danach verhaftet. Josefine erholte sich nur langsam von dem Erlebnis. Sie war noch lange in Behandlung. Ihre Gabe, Medium zu sein, verlor sie. „Sie sollte sich wohl nur noch ganz auf ihre Familie konzentrieren", meinten ihre Kunden, die sehr traurig über das Geschehene waren.

Die Uhr tickt

Der ins Alter gekommene Rechtsanwalt Heinrich Böllinghausen bot seinen Mandanten und Freunden einen besonderen Service an. Böllinghausen hatte so gut wie keine Aufträge mehr, was ihm völlig egal war, denn er war bestens abgesichert. Gern saß er aber in seinem Büro, las die Tageszeitung und genoss um 12 Uhr 30 sein Mittagessen im Restaurant „Zum Krug". Sein Safe war nicht mehr gefüllt, keine Akten waren mehr zu archivieren, alles war entsorgt. Gegen einen kleinen Beitrag von zehn Euro im Monat, konnten jetzt ehemalige Mandanten und Freunde einen Schuhkarton mit ihren Habseligkeiten darin deponieren. Böllinghausen war ja immer vor Ort, sogar an vielen Wochenenden, es erwartete ihn zu Hause auch niemand mehr. Die beiden Söhne hatten ihre Kanzlei in weit entfernten Städten und seine Frau war seit nun genau 8 Jahren verstorben. „Mein Name ist Mike Gehldorf, es empfahl Sie Herr Gerhard Wenninger, er war einmal Mandant bei Ihnen. Es ging um Erbrecht und so", Herr Gehldorf, ein etwa 35 Jahre alter und gepflegter Mann stellte sich bei Rechtsanwalt Böllinghausen vor. „Das ist ja nett, aber ich praktiziere nicht mehr", sagte Böllinghausen. „Nein, nein, ich möchte etwas bei Ihnen deponieren. Ich bin

Goldschmied, müsste täglich an meine Sachen. In meinem neuen Geschäft wird erst in etwa drei Wochen ein Tresor eingebaut!" Beide einigten sich auf eine Aufbewahrungszeit von maximal vier Wochen. Gehldorf prüfte eingehend den Safe und die Kanzlei. Zwei Straßen weiter wartete Dirk Bosner auf Mike Gehldorf in seinem alten angerosteten Golf. Gehldorf im gepflegten Zwirn in einem in die Tage gekommenen Golf? Nun, sie und zwei weitere Männer hatten es lediglich auf Böllinghausens Tresor abgesehen, mehr nicht. Eine erfahrene Verkäuferin aus einem Bekleidungsgeschäft hätte sofort die abgewetzten Stellen an Jackett und Hemd bemerkt. Für einen Goldschmied mit großen Umsätzen bestimmt nicht tragbar. Die beiden anderen in der Ganovenrunde kannten sich mit dem Bau von Bomben aus. „Die Tür zur Kanzlei ist leicht zu knacken. Am Nachmittag, vor unserem Bruch, lege ich die Haustür des Geschäftshauses lahm. Kurt, kümmere dich mit Toni um die Bombe. Wie habt ihr das eigentlich genau vor?", fragte Bosner. „Wir werden zwei Bomben bauen. Beide mit Zeitzünder, beide sind mit Atomuhren bestückt. Eine der Bomben wird an unserem Golf montiert und eine Straße weiter geparkt, mit der anderen sprengen wir den Safe", so Toni. „Klingt perfekt. Alle sind mit dem Auto beschäftigt. Ich habe uns einen BMW günstig erstanden. Bis zur Grenze wird er es schon schaffen, er ist bereits vollgetankt, randvoll!", sagt Mike. Der große Tag kam, die bis ins Detail durchdachte Idee wurde umgesetzt. Samstag, 17 Uhr: Bosner blockiert mit Zange und Schraubendreher die Geschäftstür. 17 Uhr 10: Gehldorf umkurvt den Block, bis er direkt vor dem Geschäftshaus einen Parkplatz für den BMW findet. Toni platziert bereits den Golf in der Nachbarstraße. Der Herbst zeigte seine dunklen Tage, um 19 Uhr 40 betreten alle das Geschäftshaus. Tatsächlich ließ sich die Tür zur Kanzlei leicht aufbrechen. Die Bombe wurde am Tresor platziert. „Wie lange noch, Toni?", fragte Bosner. „Noch etwa acht Minuten, gehen wir in Deckung!", so Toni. Sie verschanzten sich im Nachbarraum. Hier standen schwere Metallregale mit alten Akten die auf den Reißwolf warteten. Drei, zwei, eins ... ein Knall war zu hören. Der Golf stand in Flammen. Die Bombe am Tresor versagte. Warum auch immer! „Los raus hier, nimm die Bombe mit, Toni!", schrie Bosner. Sie warfen sich in den BMW und kratzten die Kurve. „Verdammt, die Atomuhr hat den Kontakt zum Sender verloren, steht auf Sommerzeit! Verdammt!", ärgert sich Toni. In den Nachrichten war zu hören: „Autobahn BAB 52 in Richtung Holland explodierte bislang aus unbekannten Gründen ein PKW. Die vier Männer kamen dabei ums Leben!"

Ein schickimicki Mord

Im noblen Vorort von München ist in der Schickimicki-Szene ein reicher Mann um die Ecke gebracht worden. Nicht weit vom Tatort fand Kommissar Schrammel eine Brieftasche eines Mannes. Bei der Vernehmung auf der Polizeiwache in der Beethovenstraße verstrickte sich der Mann in Widersprüche und wurde so zum Verdächtigen.

Zwei Stunden später knickte der Verdächtige ein und wurde zum Täter. Die Akte Mord ZX3B2015 konnte schnell geschlossen werden. „Na ja, wer Schussknecht heißt, ist ja eigentlich schon bestraft genug, jetzt bringt er auch noch jemanden um!", sagte Schrammel. „Schussknecht?", fragte Kommissar Hans Brückl. „Da hatte ich einmal einen Fall, das muss bestimmt 25 Jahre her sein. Der Fall wurde nie gelöst. Mich erinnert aber der seltsame Name daran. Lasst es euch schmecken. Heut hat sich der Koch Hubert mal Mühe gegeben." Schrammel darauf: „Stimmt! Aber was kann Hubert bei Semmelknödeln schon falsch machen?" Alle grinsten sich an und stimmten zu. Tage später liefen sich die beiden Kommissare wieder über den Weg. „Hast' den Fall Schussknecht schon abgeschlossen, Herr Kollege?", fragte Brückl. „Ist erledigt, ging ja alles fix!", sagte Schrammel. „Komm' morgen mal in mein Büro, wir gehen die Akten von vor 25 Jahren durch", so Brückl. Beide saßen mit einem Wurstbrot am Schreibtisch und studierten die alten Akten. Es war am 15. August 1990, als man in einem Waldstück eine tote Frau fand. Es lag ein Abschiedsbrief neben ihr, aber auch ein Weidenkorb mit einem Neugeborenen darin. Die Frau hieß Anna Schussknecht.

Es deutete wirklich alles auf Selbstmord hin. Der Vater des kleinen Franzl konnte nie ermittelt werden. Man stellte lediglich fest, dass die Tote zu einem Trio gehörte, die Einbrüche verübte. Ihre Fingerabdrücke fand man in den Wohnungen der Geschädigten. Mindestens zwei Männer waren noch beteiligt. „Hier ist noch eine Liste der gestohlenen Objekte", sagte Brückl. „Ist das Haus des Ermordeten schon freigegeben?" „Nein, lasse es uns noch einmal aufsuchen", sagte Schrammel und hatte eine Vermutung. Beide fuhren zur Wohnung des Ermordeten und begannen mit der Durchsuchung. „Was vermutest du, Herr Kollege?", fragte Brückl. „Das wird alles kein Zufall sein, schau' dir mal dieses Ölgemälde an", so Schrammel. „Tatsächlich, es steht auf der Liste!", sagte Brückl erstaunt. Beide durchsuchten das Haus in der Schickimicki-Szene nun genauer, stellten alles auf den Kopf. Sie wurden fündig. Ebenfalls fanden sie ein Testament. Als Erben waren zwei Männer eingesetzt: Franzl Schussknecht und der Huber Karl. Am nächsten Tag beriefen die Kommissare eine Sonderkommission. Zwei Kollegen observierten den Verdächtigen Huber. Zwei weitere Kollegen und Kolleginnen suchten die noch lebenden Geschädigten der Einbruchserie auf. Auch die Versicherungen wurden informiert. „Der Durchsuchungsbefehl für Huber liegt vor!", rief Schrammel in die Runde. „Dann fahren wir gleich los", freute sich Brückl. „Vielleicht wird mein Fall nun nach fünfundzwanzig Jahren gelöst!" In der Wohnung des Verdächtigen Schrammel fanden die Beamten tatsächlich weitere Funde der damaligen Räuberei. Auch hier lag im Schreibtisch ein Testament mit den eingesetzten Namen: Franzl Schussknecht und Herbert Müller, in der Schickimicki-Szene bekannt als Gold-Herbie. Karl Huber wurde festgenommen. „Herr Kollege, der Franzl muss doch ein Motiv gehabt haben? Er ist als Erbe eingesetzt, nun fliegt alles auf. Da stimmt doch etwas nicht", sagte Brückl.

Die Kommissare stellten Huber und Schussknecht gegenüber. Sie ließen beide erst unbeaufsichtigt, aber das Mikrofon war eingestellt. „Sag nichts, Franzl, ich erkläre dir alles später", flehte Huber. „Aber ich habe doch das Richtige getan", entgegnete Franzl Schussknecht. „Er hat doch meine Mutter getötet." Nach langen Verhören stellte sich heraus, dass Anna Schussknecht reinen Tisch machen wollte. Nachdem Franzl auf die Welt kam, gab es nur noch eines für sie, Familiengründung und die erbeuteten Sachen zurückzugeben. Dabei wusste sie nicht, wer genau der Vater von Franzl war, Herbert Müller oder Karl Huber. Die beiden Männer wussten es auch nicht. Nur durch einen dummen Zufall erfuhr Franzl Schussknecht, dass es sich nicht um Selbstmord, sondern um Mord gehandelt hatte. Im Rausch des Alkohols sagte Huber: „Ich habe deine Mutter geliebt, aber Herbert brachte sie einfach um, als sie reinen Tisch machen wollte." Beide gestanden ihre Taten. Eine Analyse ergab, dass Franzl der Sohn von Herbert Müller war. Das war Franzl Schussknecht aber völlig egal. Verständlicher Weise.

Ein Toter wird reden

Inspektor Blake arbeitet schon lange im Stadtteil Kensington. Er hatte sich vor einigen Jahren hierher versetzen lassen. Vorher wohnte er in Waterloo- London Bridge. Dass er nach Kensington versetzt wurde, war ihm nur recht. Irgendwie liebte er diesen Stadtteil, da hier viele

Persönlichkeiten wie zum Beispiel Freddy Mercury oder Newton und auch die berühmte Schriftstellerin Virginia Woolf lebten. Kensington war sehr belebt, die Bevölkerung wuchs ständig. Aber auch die Kriminalität. Inspektor Henry Blake war im besten Alter und hatte noch einige Jahre zu arbeiten. Kein Problem, denn er liebte seinen Beruf. Da er keine Familie hatte, konnte er täglich Überstunden machen und sich gänzlich seinem Job widmen. Eine Heirat hatte er immer als Ballast empfunden. Dagegen war sein Assistent Tom Sidney glücklich verheiratet. Zwar kinderlos, aber das war ihm egal. Na ja, jedenfalls tat sich einiges in der Verbrecherbekämpfung. Die beiden Polizisten hatten alle Hände voll zu tun. Sie liebten ihren Job, obwohl es immer schwieriger wurde gegen dieses grausame Morden vorzugehen.

Am Morgen des 12. Dezember 1991, sie fuhren gerade durch den Stadtteil Streife, sprang das Funkgerät im umgebauten Austin FX4 an. Der Wagen diente einst als Taxi. Tom Sidney und Henry Blake erschraken wie jedes Mal, wenn das schrille Dröhnen aus dem Gerät drang. „Dieses verdammte alte Ding, schimpfte Tom, da kriegt man ja einen Infarkt." „Hallo, Ihr zwei Gauner", hörte man am anderen Ende der Leitung eine angenehme Frauenstimme rufen! Henni war eigentlich schon in Rente, aber mit ihren 70 Lenzen noch geistig auf Zack. Die Firma riss sich um sie und Henni machte gerne ihren Job. Sie war froh, noch gebraucht zu werden. Gelassen sprach sie weiter mit ihrer noch recht jugendlichen Stimme: „In der Kings

Road liegt ein Toter an einem Wasserhydranten, beeilt euch." „Klar Henni, machen wir doch glatt Süße", rief Blake durch das Mikrophon!" Sie rasten, was das Fahrwerk des alten Austin her gab los. „Gibt es hier in dem verdammten Stadtteil auch mal Tage, an denen nicht gemordet wird!", rief Tom Sidney fast ungehalten. „Ich glaube kaum", stöhnte Henry. Am Tatort angekommen, sprangen sie aus dem Wagen und handelten schnell. Der Tote war etwa 1,80 groß, laut seinem Ausweis 75 Jahre alt. Er war außerdem sehr elegant gekleidet. Der alte Herr trug eine Melone, die wohl während des Falls etwas verrutschte und ihm schon fast lustig anzusehen, im Gesicht hing. Der Mantel, den er trug, war aus feinstem Kamelhaar gearbeitet. „Also wie man vermuten konnte, kein armer Mann", sagte Inspektor Henry Blake zu Tom Sidney. Justus Hoffmann, war ein deutscher Geschäftsmann, der vor Jahren nach London kam, um hier die Firma seines verstorbenen Bruders, samt seiner eigenen Firma weiterzuführen. Blake erfuhr am Telefon, dass Justus heimlich mit Waffen handelte und seine Geschäfte weit bis über den Globus bekannt waren. Er lebte schon lange in London – so erfuhr man – und machte hier unentdeckt seine Nebengeschäfte. Aber wer hatte Interesse, ihn zu töten und warum? Vor allen Dingen, wie brachte man ihn um? Der Tote verbreitete einen recht unangenehmen Gestank. „Eigentlich ungewöhnlich für einen gerade Ermordeten", sagte Tom. Sie riefen einen Leichenwagen. der den Toten sofort zur Untersuchung in die Obduktion brachte. Die Inspektoren fuhren zurück in ihr Büro und warteten auf Ergebnisse. Die Zeit verging und langsam wurde Henry unruhig. „Mann, das zieht sich heute aber wie Kaugummi hin. Möchte wissen was die alles untersuchen." Weitere Stunden später klingelte endlich das Telefon. Henry nahm den Hörer ab und wartete gespannt auf Informationen. „Reden sie schon Doktor, was haben sie herausgefunden?" Zunächst war Stille am anderen Ende der Leitung. „Tja, was soll ich sagen", sprach der Arzt von der Leichenbeschau. „Der Mann weist keinerlei Spuren eines Kampfes auf. Keine Einstichstellen, keine Würgemale, keine Einschusslöcher. Nichts." „Ja danke. Und wie soll es weiter gehen?" „Wir müssen solange suchen, bis wir wissen, wie er ums Leben kam, Inspektor. Das wird einige Zeit dauern, bitte noch Geduld." „Danke Doktor", antwortete Blake, „wir haben ja eh nichts zu tun. Bis die das von der Pathologie rausbekommen haben, ist die Leiche verfault", witzelte der Inspektor. Die Tage vergingen und nichts tat sich. Eines Morgens meldete sich Dr. Braun: „Hallo Leute, es kann weitergehen. Im Fall Opa 75 haben wir ein unglaubliches Ergebnis vorzuweisen." Inspektor Blake wurde ungeduldig: „Jetzt rücken sie endlich raus mit der Sprache, Doktor!" „Tja, wie soll ich es nur sagen? Es ist so", druckste der Arzt herum, „der Tote wurde quasi von innen in die Luft gejagt. Der Darm ist total zerfetzt. Die gesamten inneren Organe sind zerstört." „Anhand des Geruchs merkte man schon, dass was nicht stimmte", sagte Inspektor Sidney. „Aber wie sollen wir das verstehen?" „Es wurde ihm ein Zäpfchen verpasst, das mit einem Zeitzünder per Funk aktiviert wurde", sagte Braun, ein außerordentlich guter Pathologe. Aber hier verlor er fast den Verstand, denn er konnte nicht begreifen, wozu Menschen im Stande sind. Der Arzt erklärte weiter: „Es handelt sich hier um eine kleine Kapsel in der Form eines Zäpfchens, das mit hochaktivem Sprengstoff gefüllt war." „Und wer hat sie ihm in den Darm gesteckt?", fragte Henry Blake. „Ich werde hier meine Arbeit beenden", sagte der Arzt. „Mehr kann ich nicht tun." Die Inspektoren hatten jetzt Arbeit vor sich. Blake und Sidney mussten draußen Luft holen, denn einen solchen abartigen Mord hatten sie noch nicht aufklären müssen. Mit welchen Leuten hatte Hoffmann zu tun gehabt? Wer war zuletzt bei ihm oder wo war er? Da er seit Jahren heimlich mit Waffen handelte, konnte man sich eigentlich denken, was dahinter stecken könnte. Sie durchsuchten seine Wohnung. Ein paar Telefonnummern und einige Zettel mit Namen waren die Ausbeute. „Warten Sie, Henry", sagte Tom, „Lassen Sie uns in den riesigen Schrank schauen, der in seinem Schlafzimmer steht." „Klar doch, hätte ich fast vergessen", antwortete sein Kollege. Als sie die riesige Tür öffneten, fiel ihnen ein Koffer aus den 1920'er Jahren auf. Tom ließ nicht locker und brach den verschlossenen Koffer auf. Bündelweise fielen ihnen die Geldscheine entgegen. Henry war nicht mal überrascht, denn in den Kreisen, in denen sich der Tote bewegte, wurde mit viel Geld gearbeitet. Waffenhandel musste schnell und mit Barem bearbeitet werden. Henry Blake und Tom Sidney stöberten jetzt erst recht überall nach irgendwelchen Hinweisen, die zur Aufklärung des Mordes führen könnte. Sie nahmen alles auseinander, bis einer der beiden schließlich eine Liste mit

Namen fand, die zwischen den Geldbündeln versteckt war. Sie schlossen alles hinter sich ab und die eigentliche Arbeit begann für die Inspektoren in ihrem Büro. Sie durchleuchteten jede Person, bis sie auf einen Unternehmer stießen, mit dem sie nie gerechnet hätten. Niclas Dimitrius. Ein eigentlich unauffälliger Mann, der mit seiner Lebensmittelfirma weltweit bekannt war. Er verkaufte seine berühmten Dimitrius Brotaufstriche recht gut. Ein reicher Mann, der eigentlich mit seinem Leben zufrieden sein musste. Inspektor Blake ließ ihn auf Herz und Nieren überprüfen. Wie erwarten stellte sich heraus, dass Dimitrius mit Waffen handelte, wie Justus Hoffmann auch. „Aber was hatten sie gemeinsam?", sagte Tom. „Ist doch klar", antwortete Blake. „Sie handelten beide mit Waffen. Hoffmann besorgte sie, wenn die Nachfrage dafür da war. Justus war durch seine Geschäfte aber auch mit den Geschäften des Waffenhandels gut bekannt. Das hatte ihm das Leben gekostet." Die Inspektoren forschten weiter. Es stellte sich heraus, dass Hoffmann auch im Drogenhandel kräftig mitmischte und ganz in den kriminellen Abgrund abgerutscht war. Er wurde von jemandem ermordet, der es arg nötig hatte. Henry Blake und Tom Sidney kamen zu der Überzeugung, dass dieser perverse Mord nur in der Drogenszene geschehen konnte. Tom sagte: „Wo sollen wir denn da suchen? Wo sollen wir anfangen?" Henry überlegte. „Lass uns einmal versuchen, logisch die Sache aufzurollen. Das viele Geld. Wir müssen unbedingt noch einmal in die Wohnung", sagte Inspektor Blake schon fast resigniert. Sie fuhren los, aber mit einem schlechten Gefühl im Magen. „Irgendwas erwartet uns noch, ich weiß aber nicht was es genau ist", meinte Tom. „Dieser verfluchte Regen!", regte sich Henry auf. „Man sieht die Hand vor Augen nicht und warum müssen heute alle gleichzeitig mit dem Auto fahren? Es ist einfach zum kotzen." „Aber Inspektor", versuchte Tom ihn zu beruhigen, „die neuen Scheibenwischer liegen im Kofferraum, wir hätten dran denken müssen." An der Eigentumswohnung des Justus Hoffmann angekommen, ahnten die beiden schon etwas. Die Tür war angelehnt, das Siegel abgerissen. Vorsichtig traten sie ein. Da sie von Berufswegen Leisetreter waren, wenn sie in eine Wohnung gingen, hörte der Mann nicht, dass sie hinter ihm standen. Er war Anfang 30, völlig heruntergekommen und wühlte in den Unterlagen herum. „Bleiben Sie still stehen und drehen Sie sich langsam um, wenn Sie ihre Waffe, sofern Sie eine besitzen, fallengelassen haben!" Langsam, mit zitterndem Körper drehte sich der Mann zu den Inspektoren um. Er nahm die Hände hoch und ließ sich bereitwillig untersuchen. „Wer sind sie?", fragte Tom leise. „Ich heiße Fred Bailys. Hoffmann hat mit versprochen, an Heroin zu kommen, ich brauche es dringend." „Wo waren sie vor zwei Wochen um 12.54 Uhr?", fragte Henry Blake. „Woher soll ich das denn jetzt noch wissen", zitterte der Mann herum. „Erinnern sie sich gefälligst, es geht hier um einen gemeinen Mord." Der Mann wirkte ängstlich und begann vorsichtig an zu reden: „Ich habe ihn nicht getötet, aber ich kann Ihnen andere Dinge erzählen, die Ihnen eventuell weiter helfen können. Ich lernte Hoffmann auf einer Wohltätigkeitsveranstaltung kennen. Hier in London natürlich. Ich wusste aber auch, dass dort insgeheim Geschäfte getätigt wurden, die nicht sauber waren. Hier wurde mit Millionen jongliert. Justus schmierte den jungen Leuten Honig ums Maul und verteilte kostenlos Kokainproben. Hinzu kam, dass auf diesen Veranstaltungen auch miese Waffengeschäfte abgehandelt wurden." „Kaum vorstellbar", sagten beide Inspektoren. „Aber warum sind Sie hier eingebrochen?" „Die Tür war auf, da hat vor mir auch jemand versucht, es ihm heimzuzahlen", sagte Fred Baleys. „Hoffmann hat mich, wie auch viele andere, mit seinen Heroinproben abhängig gemacht. Er verteilte sie immer wieder an die Abhängigen, die dann schmutzige Arbeiten für ihn erledigen mussten. Ja, dieses Schwein hat mich zu einem Kriminellen gemacht. Ich hasse ihn. Ja, ich brauche Geld, viel Geld für Heroin und Kokain. Er hatte dieses Geld. Jeder wusste, dass er die Scheine Bündelweise in seiner Wohnung hortete. Ich wollte heute zu ihm und ihn um einen Kredit bitten, der ihm nicht wehgetan hätte. Als ich sah, dass die Tür offen stand, wollte ich mich selbstverständlich bedienen, ich gebe es zu. Selbst er hatte bei vielen Geschäftsleuten Schulden. Er konnte zwar bezahlen, hatte es aber immer darauf ankommen lassen. Er gab im Ausland Waffenbestellungen für seine Kunden auf, die mittlerweile fast auf dem ganzen Globus verteilt waren, Waffen, die er in einem alten Lagerhaus am Hafen deponierte. Auch die Drogen versteckte er hier", sagte der Mann, der sein Zittern nicht mehr unter Kontrolle hatte. „Aber gerade, weil es um diese schmutzigen Geschäfte ging, hätte er besser aufpassen müssen. Immer wieder legte er es darauf an." Nachdem die Inspektoren dem Drogenkranken Mann erzählt hatten, wie Hoffmann starb, sagte dieser: „Wissen sie, sein Umfeld ist sehr groß gewesen, da suchen Sie die Nadel im Heuhaufen." Inspektor Blake entgegnete: „Sie haben Recht, das wird im Sand verlaufen." „Wo sollten wir anfangen zu suchen?", meinte Tom. „Vermutlich müssten wir in Russland, China und der Türkei suchen, denn von dort hat Hoffmann die größten Waffen- und Drogenlieferungen bekommen. Wissen Sie, Baleys, in Ihrem Fall werden wir ein Auge zudrücken, denn wir haben keine Drogen bei Ihnen gefunden." Die Inspektoren schlossen den Fall als unlösbar ab. Außerdem war er ihnen einige Nummern zu groß. Sie fuhren mit dem alten Austin in ihr Büro und schlossen die Akte Justus Hoffmann für immer.

Einsam lag er unter dem Triumphbogen

Pater Emanuel Sadre hatte täglich viel zu tun. Er sorgte dafür, dass seine Schäfchen eine schöne Messe bekamen, aber auch einen schön dekorierten Altar. Darauf kam es ihm besonders an. Nur ein einziges Laster hatte der Pater. Und das kostete ihn das Leben. Er war Männern zugetan. All abendlich hielt er sich in den Kreisen dieser Leute auf. Der Pater besuchte Lokale in normaler Kleidung oder vereinbarte Termine in Hotels und auch bei sich zu Hause. Mit seinen fast 50 Jahren war er nicht mehr der Jüngste. Trotzdem wollte er wenigstens noch etwas vom Leben haben. Seine Berufung zum Gottesmann genügte ihm nicht. Viele nutzten sein gutes Gemüt, aber auch sein großes Herz aus. Einige Jahre ging er nun schon neben seiner Aufgabe als Pater, seinen Trieben nach. Mittlerweile kannte man ihn genau in der Szene. Die jungen Männer aus Emanuels Bekanntenkreis, hatten keine Arbeit und waren ständig auf der Suche nach Geldgebern. Mehr als einmal wurde der Pater angepumpt. Als er sich eines Tages nicht mehr darauf einließ, erpresste man ihn auf übelste Weise. Er konnte sich keinen Skandal erlauben. Wie würde er dastehen? Was wäre, wenn herauskäme, was er in seiner Freizeit tut? Für seine Veranlagung konnte er ja nichts. Nur, dass er sich in zwielichtiger Gesellschaft aufhielt, war auch ihm nicht mehr geheuer. Die Kriminellen, die ihn erpressten, wollten, falls er nicht in der Lage sei 100.000 Euro zu zahlen, Flugblätter an der Kirche befestigen. Außerdem hatten sie eine heimlich gemachte Aufnahme, die ihn in eindeutiger Pose mit einem Mann zeigte. Was sollte er nur tun? Zur Polizei gehen? Nein, das würde auf keinen Fall in Frage kommen. Seit Wochen hielt er sich schon der Szene fern und doch ließ man ihn nicht in Frieden. Mein Gott, dachte er, eine so bekannte Kirche, wie die Sacre- Coeur, durfte nicht beschmutzt werden, schon gar nicht sein Ruf, denn alle liebten ihren Pater. Der 45 Meter hohe und 50 Meter breite Triumphbogen war ein beliebtes Ziel für Touristen. Wer kein Auto hatte, konnte ihn auch bequem mit der Metro erreichen. Kommissar Marc Leon traf sich dort oft mit seiner Assistentin Janette Dumas. Sie war einige Jahre jünger, aber das tat ihrer Liebe keinen Abbruch. Alle

Kollegen wussten, dass sie ein Verhältnis hatten. Janette kam erst vor zwei Jahren ins Team. Sie war alleinstehend. Marc Leon war verheiratet, aber seine Frau erkrankte vor ein paar Jahren an Demenz. Am Tage musste sie von Pflegekräften versorgt werden, damit er seinem Job nachgehen konnte. Als Kommissar und Chef des Ganzen, war er fast nicht abkömmlich. Außerdem brauchte er dringend das Geld. Sein Job wurde gut bezahlt. Da seine Frau fast dreißig Jahre älter war als er, stimmte sie noch im gesunden Zustand zu, dass sich im Falle des Ausbruchs der Krankheit, Marc Leon noch mal eine Frau suchen sollte. Zusammen mit der neuen Frau würde er dann seine kranke Frau versorgen. Nur leider hatte sie alles wieder vergessen und der Kommissar musste sich heimlich mit Janette treffen. Auch an diesem Montagabend gingen sie zum Triumphbogen. Doch plötzlich stolperte Janette Dumas über etwas. „Bitte schalte mal deine Taschenlampe ein", sagte sie zu Marc. „Ich bin da auf was Weiches getreten." „Ja, sofort. Kannst du nun besser sehen?" Janette Dumas und Kommissar Leon stand der Atem still. Ein grausames Gemetzel muss hier stattgefunden haben. „Janette, ich glaube, ich muss mich übergeben", sagte Marc. Alles war mit Blut überdeckt. Der Kopf des Toten lag in einer anderen Ecke. Die Hose war heruntergezogen, sein Glied abgeschnitten. Er blutete förmlich aus. Sofort wurde die Spurensicherung gerufen. Janette Dumas sagte zu Marc: „Bitte bring mich nach Hause, ich glaube ich werde mich erst mal krank melden." „Okay, Janette, bitte steig' ein. Auch für mich ist Schluss für heute." Die Aufklärung des

Mordes stellte sich als besonders schwierig dar. Viele Dinge stimmten nicht überein. Aus welchem Grund sollte man einen Menschen auf diese Art und Weise töten? Und wer könnte in Frage kommen? Dass er im Schwulenmilieu verkehrte, war schnell klar. Aber er war mit vielen Menschen in Kontakt. „Wir müssen unsere Vorgehensweise genau überdenken, Marc", sagte Janette. „Es gibt doch bestimmt die Möglichkeit, dahinzufahren, wo er sich am liebsten aufhielt. Wir wissen doch, wo wir suchen müssen", antwortete Marc. „Neben dem Truppenübungsplatz Champ-de-Mars befindet sich eine umgebaute Kaserne. Soviel ich weiß, treffen sich dort seit Jahren Homosexuelle", sagte Marc Leon weiter. Janette Dumas wurde nervös. „Nicht nur die, auch Kriminelle aller Art", antwortete sie. „Da gehe ich nicht rein! Dort ist vor vier Jahren mein Bruder erstochen worden, weil er sich aus Spaß in diese Gesellschaft eingeschlichen hatte. Schnell kamen sie dahinter. Der Mörder ist bis heute nicht gefasst." Janette weinte. Marc Leon musste einen klaren Kopf behalten. Er konnte es sich nicht erlauben, seinen Gefühlen Ausdruck zu verleihen. „Du bleibst hier Janette, ich fahre hin und versuche etwas herauszubekommen." „Okay, Marc, pass auf dich auf." An der Kaserne angekommen, hörte Marc schon von weitem Getöse und Musik. Er konnte aus der Ferne beobachten, wie zwei junge Männer von einem älteren Herrn Geld bekamen. Nicht wenig, so wie es aussah. Was er da sah, war wohl offensichtlich die Bezahlung zweier Männer für diverse Dienste. Die Musik wurde immer lauter. Wieder wurde Geld an junge Männer weitergereicht. Jetzt würde Marc eingreifen. Er lief hinüber und es war ihm nicht wohl bei der Sache. Als er die Tür aufdrückte, kam ihm Zigarettenqualm und schwerer Parfümgeruch entgegen. Männer tanzten eng umschlungen und halbnackt. Er trat in den Raum und zeigte seine Marke. „Jetzt findet hier ein polizeiliches Verhör statt, bitte nehmen sie Platz meine Herren. Es ist nur eine Routinebefragung, keine Angst." Marc notierte sich alle Namen und Adressen der Anwesenden. „Vor ein paar Tagen wurde unter dem Triumphbogen eine grausam zerstückelte Leiche gefunden." „Haben wir nichts mit zu tun." hörte er von weitem einen rufen. Er fuhr fort: „Der Tote war ein Pater und hieß Emanuel Sadre." Ein Murmeln ging um. Marc zeigte ein Foto des Kopfes des Ermordeten und beobachtete die Leute genau. „Grausam!", schrie einer. „Wer so etwas tut, gehört aufgehängt. Glauben sie uns Herr Kommissar, wir sind zwar verkehrt gepolt, aber keiner von uns könnte so was Grausames tun." „Na, ja...", sagte Leon, „Wir werden sehen." Jemand rief aus der hinteren Reihe: „Mein Bruder und ich, wir kennen diesen Mann." Erstaunte Blicke, wo man hinsah. Cloud und Franc Jepard sagten: „Er kam einmal in der Woche und wollte sofort, dass man zu ihm kam." „Wussten sie, dass er Pater war?", sprach Marc weiter. „Auf keinen Fall, nein. Wir sind Studenten die Medizin studierten, wollten uns dringend Geld dazu verdienen, denn wir mussten unser Studium finanzieren. Er schikanierte uns. Wir sollten Dinge tun, die sie sich nicht einmal in ihren Träumen vorstellen können. Ein paar Mal taten wir es, aber dann gingen wir ihm aus dem Weg. Er blieb jedoch hartnäckig und verfolgte uns bis in die Uni. Dann fanden wir in unserem Spint einen Zettel. Darauf stand: ‚Ihr schwules Pack, wenn ihr mir meine Wünsche nicht erfüllen wollt, werde ich reden. Alle werden in der Universität erfahren, was mit euch los ist. Dann seid ihr ruiniert. Überlegt es euch doch noch mal!' Wir gingen zum ausgemachten Treffpunkt und wollten schnell alles hinter uns haben. Wir wissen nicht mehr, was an diesem Abend in uns gefahren ist. Wie im Blutrausch fielen wir über ihn her. Die ganze Wut von den vergangenen Jahren kam hoch. Der Pater demütigte uns, wo er nur konnte. Er dachte, ihm könne ja nichts geschehen. Wer würde schon von einem Pater vermuten, in welchem Milieu er verkehrte? Wir waren blind und unser Denken konnten wir nicht mehr kontrollieren." „Aber mussten Sie ihm denn gleich den Kopf und das Ding abschneiden?", fragte Marc Leon weiter. „Wir benahmen uns wie Bestien und konnten uns schon kurz nach dem Mord an keine Einzelheit erinnern. Blutverschmiert rannten wir davon. Am Morgen danach wunderten wir uns über das ganze Blut, das wir überall am Körper hatten. Wir bekamen vor uns selbst Angst. Und nun Kommissar, machen sie mit uns was sie wollen." Marc konnte nichts mehr sagen, nahm sie in seinem Dienstwagen mit und übergab sie der Staatsanwaltschaft. Janette war froh ihren Liebsten wieder in die Arme schließen zu können. Marc sagte: „Janette, es gibt grausame Dinge auf dieser Welt, aber können die Betroffenen wirklich für alles verantwortlich gemacht werden?" Die Brüder Cloud und Frank Jepard sollten lebenslänglich bekommen. Aber da sie im Affekt gehandelt hatten und zum Zeitpunkt des Mordes nicht zurechnungsfähig waren, wirkte sich das auf das Urteil etwas strafmildernd aus.

Ordnung muss sein

Angelika Parker war eine attraktive Geschäftsfrau. Zudem war sie auch sehr erfolgreich. Mit 36 Jahren schien sie nun auch den richtigen Partner kennengelernt zu haben. Konrad war Geschäftsführer; nun, eigentlich Verkäufer; also, wenn man es ganz genau nahm, Lagerist. Aber er stellte sich überall als Geschäftsführer vor. Sein Aussehen und seine Visitenkarten waren schon ein echter Hingucker. Angelika war richtig verschossen in ihn. Es störte nur, dass Angelika für ihre Liebsten so wenig Zeit erübrigen konnte. Denn auch Ella Mops kam viel zu kurz. Gassi-Gehen erledigte die Hausangestellte Giesela. Die Mopshündin war sehr glücklich darüber und bedankte sich damit, dass sie heruntergefallenen Abfall aus dem ganzen Haus in die Küche bis vor den Mülleimer trug. „Gehen wir heute noch zum Griechen?", fragte Konrad. „Du, Conny, sei mir nicht böse, ich muss dringend die Geschäftsbücher durcharbeiten. Geh' du nur, vielleicht komme ich noch nach", erwiderte Angelika. Konrad stieg in seinen Jaguar und brauste los. Angelika schenkte ihm den Wagen im letzten Monat. Konrad sprach von festen Geldanlagen für beider Zukunft, da konnte er sich einen neuen Nobelwagen wohl nicht leisten. Und einen Kleinwagen wollte Angelika nicht vor ihrer Villa stehen sehen. „Hey Conny, wo ist denn deine Superbraut?", tönt es Konrad beim Griechen entgegen. „Sie hat wie immer zu tun. Ist Susi heute hier?" Konrad schaut sich angeregt um. In Mini und mit tiefem Ausschnitt stand Susi schließlich vor Conny. „Ach ich bin hin und hergerissen von dir. Für dich würde ich alles tun", schwärmte Conny. „Wir werden sehen, Conny, ob du das wirklich tust", sagte Susi und schaute Conny tief in die Augen. „Meine Schwester hat Recht, Conny. Langsam müsstest du dich doch entscheiden, oder? Meine Schwester ist immer für dich da. Deine Vorzeigedame ist doch trostlos", redete Toni auf Conny ein. „Hast ja Recht, aber ohne sie komme ich mit meiner Kohle nicht klar", redete Conny Klartext. Am nächsten Tag fuhr Conny zu Angelika. Er wollte etwas sagen, da unterbrach Angelika: „Conny, begleite mich morgen bitte nach München. Im Tresor lagern Diamanten und Bargeld in mehreren Millionen. Ich habe mich von meinem Juweliergeschäft in der City getrennt. Allein wollte ich auch nicht zur Bank." Conny schaute Angelika überlegend an. „Conny? Bist du hier?", lachte Angelika. „Oh ja, entschuldige bitte, natürlich begleite ich dich. Ich fahre jetzt zu mir, tanke den Jaguar und lege mich hin, dann bin ich morgen fit!", sagte Conny erschrocken. Als angeblicher Geschäftsführer hatte Conny ebenfalls einen Koffer in Angelikas Tresor deponiert, so kannte er den Code. Statt in seine Wohnung zu fahren, fuhr Conny zum Griechen. „Susi ist nicht hier, Conny", sagte Toni. „Ich will auch zu dir, Toni, hast du Zeit?", fragte

Conny. An einem abgelegenen Tisch schmiedeten beide einen Plan. Um Mitternacht brach Toni einen älteren Golf auf. „Hier die Walther Pistole, Conny. Vergiss nicht, sie abzuwischen und sie in ihre Hand zu legen. Ihre Fingerabdrücke müssen deutlich zu sehen sein", erklärte Toni und fuhr fort: „Wer weiß noch von den Diamanten und der Kohle?" „Niemand, nur ich", antwortete Conny. Am Tatort angekommen, schloss Tony leise die Tür auf. Angelika saß noch mit einem Glas Wein am Schreibtisch. Lilly Mops lag im Körbchen. Der Kamin brannte langsam aus. „Nanu, Conny, ich dachte du schläfst bereits", sagte Angelika. „Ich wollte dich mit so viel Geld nicht alleine lassen", flüsterte Conny und ging um den Schreibtisch herum auf Angelika zu. Er wollte ihr gerade einen Kuss auf die Wange geben, da zog er die Walther und schoss erbarmungslos in ihren Kopf. Die Waffe ließ er zu Boden fallen. Toni sah alles vom Fenster aus, er schlug die Scheibe ein und öffnete das Fenster. Danach rannte er zum Golf. Conny gab den Zahlencode im Tresor ein und nahm alles heraus, was er finden konnte. Den Golf versteckten sie in einem Wald. Der Jaguar war nicht weit entfernt geparkt. „Hast du an die Fingerabdrücke gedacht?", fragte Toni. „Um Gottes Willen, ich hab's vergessen!", jammerte Conny. „Mist. Dann ändern wir den Plan. Setz mich an deiner Wohnung ab. Ich teile schon die Beute. Fahr du zurück, wisch' die Waffe ab und drücke sie ihr in die Hand", befahl Toni. Conny fuhr los. Zwei Straßen vor Angelikas Haus parkte er. Er schloss die Tür auf. Alles schien gut zu laufen. Er stürmte zum Schreibtisch. Aber die Waffe war verschwunden. Conny suchte alles ab. Er fand sie nicht. Erfolglos verzog er sich.

Am nächsten Morgen öffnete Giesela die Haustür. Ella Mops wimmerte fürchterlich. „Ich bin ja da, Ella Mops. Jetzt gehen wir unsere Hunderunde!", rief sie. Im Wohnzimmer erschrak sie fürchterlich. Sie sah ihre Arbeitgeberin blutüberströmt am Schreibtisch. Sie rief die Polizei. Die Polizei untersuchte alles. Giesela kümmerte sich nun um Ella Mops. Sie ging in die Küche, da lag der Mops. Reinlich wie er war, hatte er die schwere Waffe bis zur Mülltonne geschleppt, so wie Ella Mops alles Heruntergefallene dahin brachte. Der Rest war für die Kripo ein Kinderspiel, denn die auf der Waffe gefundenen Fingerabdrücke waren ja im ganzen Haus zu finden.

Da müssen wir alle durch

Jack war sein Leben lang ein Ganove, er betrog bei allen Geschäften, er war Geldeintreiber, ja, er tötete sogar. Es war 1933, dieses Mal ging Jack in eine Falle. Jack öffnete die Pendeltür der Bar Rocky in Rom, es war nach ein Uhr, der letzte Gast war gegangen. Wie in jedem Monat, erpresste Jack eine Million Lire von Gastwirt Enzo. Für Enzo reichte es hinten und vorne nicht. Seine drei Kinder und seine Frau Roberta sparten, wo sie nur konnten. Aber Jack war erbarmungslos, forderte jeden Monat das Geld. „Sonst geht die Hütte wieder in Flammen auf!", lachte Jack jedes

Mal. Nur dieses Mal nicht, es gab kein Geld, es gab blaue Bohnen. Roberta nahm den Colt aus dem Tresor und drückte einfach ab. Jeden Monat nahm sie es sich vor, betete zu Gott: „Gib mir die Kraft das zu tun und vergib mir, Gott, bitte!" Jack zog das MG unter dem Mantel hervor und schoss fallend umher. Drei Kugeln trafen Roberta. Maria war eine Krankenschwester in Madrid. Sie opferte sich für kranke Menschen auf. Maria wurde als junge Frau vergewaltigt. Sie ging ins Kloster, hier wurde sie zur Krankenschwester ausgebildet. 82 Jahre ist Maria nun alt, ihr Gehör und die Augen lassen nach. Maria konnte den schweren Mercedes weder hören noch sehen. Alle Hilfe kam zu spät, Maria starb in den Armen eines heraneilenden Priesters. Fröhlich spielte die kleine Sonja im Vorgarten ihrer Eltern in einem Vorort von Paris. Es war ein herrlicher Frühlingstag im Jahr 1933. Am Nachbarhaus wurde fleißig gearbeitet. Für Sonja wurde es immer interessanter. Dachdecker waren am Werk. „Die können ja gut schnappen", dachte sich die Zehnjährige und kam der Bedrohung immer näher. Drei Mann waren am Werk. Von ganz oben bis zum Abfallcontainer warfen sie sich die Dachdecker die Ziegel zu. „Mädchen! Geh zurück, es ist gefährlich hier!", rief Dachdecker-Meister Cloude dem Mädchen zu. Da ist es passiert. Geselle Lois war abgelenkt, schnappte die Dachpfanne nicht ... Sonja konnte nicht gerettet werden. Das sind nur drei Beispiele von Menschen, die 1933 zum Himmelstor kamen und um Einlass baten. Petrus war wie immer viel beschäftigt. Alle, aber auch wirklich alle, studierte er gründlich und entschied dann über ihr Schicksal. Vor Maria stand ein etwa 32 jähriger Musiker. Maria kannte ihn sogar. Herrliche Klavierkonzerte gab er in Madrid. Eine großartige Karriere hatte er vor sich. Bei einem Konzert im Opernhaus erlitt Antonio einen Herzinfarkt. Antonio trat ohne Gage auf, alles sollte gespendet werden. Das Kinderheim freute sich jedes Mal, wenn Antonio persönlich vorbei kam, nun war er tot.

„Antonio!", rief Petrus. „Antonio, du hast den Menschen so viel Gutes getan. Hast sie mit deiner Musik beglückt. Aber viel wichtiger war, du hast an die Menschen gedacht, die nichts hatten, du hast fast dein ganzes Geld gespendet. Ich lass dir die Wahl, möchtest du noch einmal auf die Erde, mit deinem Talent, mit deiner Begabung? Oder möchtest du durch das Universum reisen, die Geburten von Sonnen und Planeten beobachten, mit allen hier bei mir dein Wissen und deine Gefühle teilen?" Antonio entschied sich für ein weiteres Leben auf der Erde. „Na, das sind ja herrliche Aussichten", dachte sich Jack, der ebenfalls in der Reihe stand. „Maria!", rief Petrus. „Maria, dein Schicksal war hart. So vielen Menschen hast du geholfen. Babys zur Welt gebracht, Sterbende begleitet, warst immer da wenn du gebraucht wurdest. Sage mir, was ist dein Wunsch?" „Petrus, ich weiß es nicht, ich möchte wieder helfen, aber mein Schicksal als junge Frau war zu schlimm. Gib mir einen Rat, bitte", schluchzte Maria. „Nun, Maria, dann rate ich dir, geh einen ganz neuen Weg. Es warten so viele Freunde auf dich. So viel Schönes ist im Universum zu sehen. Auch andere bewohnte Planeten, mit viel Gefühl und Liebe. Ich lass dich durch die Pforte. Du kannst als Geist jetzt, hier und überall sein. Finde, wonach du suchst!", sagte Petrus. „Das wird ja immer besser!", staunte Jack. „Etwas Geduld, bitte", sagte Petrus. „Ich bitte meinen Engel Elisabeth zu mir. Elisabeth, hilf Roberta im Krankenhaus, dass sie überlebt. Sie wurde von Kugeln getroffen. Drei Kinder und ein lieber Ehemann brauchen sie dringend." „So, nun Sonja, bitte!", rief Petrus. „Kleine Sonja, du hast noch alles vor dir, die Erde ist so wunderbar. Ehepaar Hölzl in Österreich erwartet bald ein Kind. Nimm diesen Körper, in acht Monaten kommst du auf diese Welt zurück!" – „Jack, nun zu dir!", rief Petrus. „Ja, Petrus, ich habe schon gewählt!", sagte Jack. „Nein, du hast nichts zu wählen. Kleine Sünden lasse ich durchgehen. Jeder hat die Chance sich zu bessern, jeder kann ein guter Mensch werden. Aber du hast Menschenleben auf dem Gewissen. Acht Menschen nahmst du ihr Leben, nun nehme ich deine Energie. Du wirst ausgelöscht!" Jack war einfach verschwunden, nichts erinnerte an den Mörder Jack. Jahre später wunderten sich viele Konzertbesucher über einen achtjährigen jungen Künstler, der unübertreffliche Klavierkonzerte zum Besten gab, ganz ohne Noten lesen zu können, einfach so.

Das hat er nun davon

In Wien hatten wir ein riesiges Unternehmen. Unsere Firma stellte Wurstwaren für ganz Österreich und darüber hinaus her. Uns ging es gut, besser gesagt, wir waren reich. Die Millionen häuften sich auf dem Konto und damit auch die

Affären meines Mannes Gerd. Fremdgehen war für ihn zur Normalität geworden. Nicht nur das, nein er tat es offensichtlich, sodass ich sofort merken und sehen konnte, was Sache war. Einmal war es ein Mädchen aus dem Versand, dann wieder eine Büroangestellte oder die Kellnerin aus dem Pup an der Ecke. Kurz gesagt, dieser alte Sack war sexbesessen. Was bildete er sich denn ein? Schön war er nicht gerade und über die anderen Dinge, na ja, da möchte ich lieber nichts sagen. Aber mit Geld ist ja bekanntlich alles käuflich. Nur gut, dass wir keine Kinder hatten. Verpflichtungen in der Kindererziehung konnte ich nicht übernehmen, denn ich arbeitete in der Firma kräftig mit, war überall präsent und eine kompetente Ansprechpartnerin für die Angestellten. Mit meinen 55 Jahren sah ich noch recht passabel aus. Ich nutzte aber nie die Gelegenheit, dies auszunutzen. Obwohl die Versuchung schon manchmal groß war, zumal ich oft allein in den Urlaub fuhr. Irgendwann hatte ich die Nase voll von dem Treiben meines Mannes. Der Kerl konnte es einfach nicht lassen, seine Geilheit auszuleben. Da er regelmäßig ein Herzstärkungsmittel einnehmen musste und zusätzlich noch Viagra schluckte, überlegte ich mir einen teuflischen Plan. Was wollte er eigentlich? Wollte er die ganze Welt befruchten? Eines Morgens, bevor er zum Frühstück kam, löste ich die dreifache Menge seines Herzmittels in etwas Saft auf und gab noch Sekt dazu. Ich fragte ihn anschließend ob er mit mir auf den Firmenerfolg der letzten Monate anstoßen wolle. Er willigte gern ein, denn in seinem Hinterkopf geisterte schon wieder die nächste

Verabredung herum. Aber egal, es kam ja doch nicht mehr darauf an. Viagra brauchte er bald nicht mehr, das wusste ich. Kurze Zeit später sackte er bewusstlos vom Stuhl, fiel auf den Boden und war mausetot. Gott sei Dank, hatte er mir nicht den neuen Perser versaut. Ich hatte ihn um die Ecke gebracht, wie man so schön sagt. Das hatte er nun davon, dieser Scheißkerl. Der Hausarzt stellte Herzstillstand fest und machte noch eine beiläufige Bemerkung: „Nahm er denn immer noch regelmäßig Viagra?" Er konnte sich das Schmunzeln nicht verkneifen, so schrecklich die Situation auch war. Die Trauerfeier fand nur im engsten Kreis statt. Aber erst als er schon verbuddelt war. Einen teuren Sarg und einen Marmorgrabstein sparte ich mir. Ich machte lieber einen schönen Urlaub von dem Geld. Ich war wieder glücklich, die Firma lief auch ohne ihn bestens. Leider bedachte ich nicht, dass ich eine Doppelgruft vor seinem Ableben gekauft hatte. Selbst, als ich krank wurde, verschwendete ich keinen Gedanken daran. In meinem Testament bedachte ich meine Schwester und wohltätige Vereine mit ins Erbe. Aber meine Beerdigung sollte etwas Besonderes werden. Alle waren da. Freunde, Geschäftspartner und noch ein paar andere Leute, die ich nicht kannte. Ein Meer voller Blumen – meine Lieblingsblumen – und die Musik wurde gespielt, die ich vorher festgelegt hatte. Elvis sang, es war toll. Nun war es soweit. Sie ließen meinen schweren Eichensarg langsam hinunter. Eine schlimme Situation für mich. Nicht etwa, dass ich mich hier einquartieren musste, nein. Er lag neben mir, welch ein Ekel. Sein billiger

Sperrholzsarg war schon auseinandergefallen, sein Körper von Maden durchfressen. Ein Teil von ihm war noch relativ unversehrt. Noch nicht einmal die Maden hatten Interesse daran. Aber gut, ich war erst mal in Sicherheit in meiner Eichenbehausung und er hatte es nicht besser verdient, dieser sexgierige Sack. Für Geld konnte er sich alles kaufen. Nun ist es gut so, wie es ist. Brrr es ist ziemlich kalt hier unten, schade dass es noch keine beheizten Särge gibt! Hi, hi, hi...

Ein langer Schlaf

Die Eltern des kleinen Nok Te freuen sich riesig, sie wünschen sich einen kleinen Sohn. Sie lassen das Schicksal entscheiden, ob es eine Tochter oder ein Sohn wird. Obwohl es kinderleicht für die Ärzte ist, das Geschlecht zu manipulieren. Der Planet Rodenus kreist in einem der äußersten Sternensysteme des Universums. Die Sonne wird in nicht allzu langer Zeit erlöschen. Immerhin sorgte sie Milliarden Jahre für Leben auf den beiden bewohnbaren Planeten. Die Zivilisation dort ist sehr weit fortgeschritten. Armut und Krankheit gibt es auf den Planeten seit Millionen Jahre nicht mehr. Anfangs, als ihr Sonnensystem noch zentraler im Universum lag, gab es natürlich auch Naturkatastrophen. Diese löschte die Bevölkerung aus, aber das Leben startete immer wieder aufs Neue. Nok Te war ein aufgewecktes Kind. Er lernte schnell. Aus ihrer eigenen Erfahrung wussten die Eltern, dass ihr Sohn eine junge

Seele war. Auf dem Planeten kannte man die Widergeburt. Das Wandern eines Geistes war seit langem bekannt. Nok Te wurde Wissenschaftler. Er entwickelte ein Gerät, welches in fast allen Häusern zu finden war, um die tödliche Strahlung der bald sterbenden Sonne zu neutralisieren. Viele Krankheiten waren somit erst gar nicht ausgebrochen. Zwei eigene Kinder hatte Nok Te mit seiner Frau. Nach einem erfüllten Leben kam der Tag des Abschieds. Seine Kräfte ließen nach, der Drang noch etwas zu erleben, verblasste. Immer öfter ruhte Nok Te aus, er schlief dann mit den Erinnerungen seines Lebens ein. Alles spielte sich noch einmal vor seinem Dritten Auge ab, immer wieder. Eines Abends sagte er zu seiner Frau: „Erinnerst du dich an unsere Hochzeitsreise? Der Strand war weiß, der Himmel rot und das Meer grün." Nok Te faltete die Hände und träumte immer tiefer und tiefer. Er schwebte dem Traum entgegen, ganz leicht war sein Körper, jetzt spürte Nok Te ihn gar nicht mehr, er war nun in einer anderen Welt. Plötzlich wurde es hell um ihn herum, Millionen Jahre waren mittlerweile vergangen, das Universum dehnte sich weiter aus. Den Planet Rodenus gab es schon lange nicht mehr. Nok Te wurde geboren und erblickte zum ersten Mal das Sonnenlicht der Erde. Sein Vater stand mit ihm vor einem Höhleneingang und nannte seinen Sohn Pah Amp. Pah Amp war nun ein frühzeitlicher Erdenbewohner in Afrika. Ein neues Leben, eine neue Chance, in diesem Universum etwas zu bewegen. Ebenso wie sein Vater, entwickelte Pah Amp Werkzeuge aus Stein. Seine Höhlenmalerei wurde von allen bewundert. Pah Amp interessierte sich früh für Kräuter. Langsam entwickelte er sich zum Anführer. Um an Nahrung zu gelangen, waren seine Taktiken sehr gefragt. Acht Kinder hinterließ er, bevor ein großer Felsen sein Leben abrupt beendete. Er sah den Felsen auf sich zukommen, er sprang noch zur Seite und wieder sah er den weißen Strand mit dem roten Himmel und dem grünen Meer. Viele Millionen Jahre vergingen. Das Meer war nun blaugrün, Pah Amp sah einen strahlend blauen Himmel. Mit den Worten: „Da ist ja unser Wonneproppen endlich!", führte Vater Jack seinen Sohn Daniel den Gästen auf der Yacht vor. Jack war Reeder, die meiste Zeit verbrachte er mit seiner Familie auf dem Pazifischen Ozean vor San Francisco. Jack tat alles, damit Daniel ein großartiger und kompetenter Kapitän werden würde. Und in der Tat, Daniel war sehr eifrig. Nicht nur Kapitän wurde er, sondern auch Arzt. Vielen Kindern half Daniel auf See zur Welt. Zwei Mal rettete er das Leben der Menschen auf dem Kreuzfahrtschiff, weil er sich auf seine Erfahrung und seinen Instinkt verließ. Daniel hatte zwei Kinder. Luisa wurde Kapitänin, Daniels Sohn Gregg Anwalt. Wieder kam der Tag, den jeder einmal gehen musste. Daniel saß in seinem Lehnstuhl, schloss die Augen und dachte an das blaue Meer, die weißen Wolken am blauen Himmel… Niemand merkt wie lange es dauert, niemand wird sich erinnern können was zwischenzeitlich passiert ist … Und dann wird es wieder hell und man erblickt die Welt, welche? Das ist der Weg des Schicksals. Daniel wachte wieder auf und sah in eine grelle Lampe. Das Licht wurde sofort gedimmt. Er wurde in die Arme seiner Mutter gelegt.

Viele Millionen Jahre sind vergangen. Jetzt wurde Daniel Sett genannt. Er wurde auf dem Raumschiff Gelexos 2000 geboren. Die Besatzung stammte vom Planeten Loren. Auf Loren war ein Krieg entbrannt, es ging wie immer um Macht und Einfluss. Die Raumschiffbesatzung suchte nun einen Zufluchtsort im Universum. Sett wurde Navigator und Forscher. Jede freie Minute suchte er die Stecknadel im Heuhaufen. 18 Jahre war das Raumschiff unterwegs, Sett gab nie auf. Und tatsächlich, er fand einen Planeten für die Existenz seines Volkes. Viele Jahre weiter, Sett war am Aufbau einer Stadt beteiligt, kam auch bei ihm der Zeitpunkt, dass das Leben bald zu Ende gehen würde. Sechs Kinder hatte er mit seiner Frau. Er legte sich eines Abends zum Ausruhen auf sein Bett, schloss die Augen, faltete seine Hände und träumte vom unendlichen Weltraum, den er durchflog. Und dann wurde es hell, immer heller. Auf ihn kamen alle zu, seine Liebsten, seine Lebensgefährten, Freunde, Kinder, Eltern, alle begrüßten ihn und sagten: „Nun bleibst du für immer bei uns!" Sie erschienen in der Form, wie er alle in Erinnerung hatte. Aber das war nur die Erkennungsform, in Wirklichkeit war der Geist formlos und durchsichtig. Und nach einer Weile gehörte er zu ihnen, namenlos und positiv, nur das Gute blieb übrig.

Glück im Unglück

Norberts Leben lief im Grunde genommen monoton ab. Morgens um 6 Uhr schellte sein Wecker, danach erledigte er die Morgentoilette, warf bei einer Tasse Kaffee einen Blick in die Zeitung, danach fuhr er zu seiner Arbeitsstelle. Jeden Morgen das gleiche Ritual. Jeden Morgen die gleiche Musik im Autoradio. Sein alter Opel aus den 1970-er Jahren war sein bester Freund. Die Rockgruppe The Sweet gehörten zu seiner Familie. Norbert war nie verheiratet. Sehr gern hätte er sich eine Partnerschaft gewünscht. Mit jemandem zu sprechen, zu lachen, etwas zu unternehmen, ach, das wäre zu schön gewesen. Als Schulbusfahrer war Norbert sehr diszipliniert. Kinder und Eltern mochten ihn, streng wurde Norbert nur dann, wenn es im Bus eine Keilerei unter den Schülern gab oder jemand unbedingt ein Herz in die Polster ritzen wollte, mit den Initialen seiner großen Liebe. An der Luisenstraße bog der Bus links ab, wie üblich schaute Norbert nach rechts, die Bahn war frei, noch drei Haltestellen, dann war Norbert seine Bande wieder los. Er schaute schon zur nächsten Haltestelle, als es plötzlich krachte. Die Kinder wirbelten umher, die ganze rechte Seite war eingedrückt. Der rote Wagen drang bis zu Norberts Fahrerplatz ein. „Wo ist der kleine Markus?", schrie Norbert. Markus, Schüler der ersten Klasse, wurde eingeklemmt. Vier Schüler verletzten sich schwer. Markus war gelähmt. Norbert fühlte sich unendlich schuldig. In der Gerichtsverhandlung vermutete man, dass Norbert abgelenkt gewesen war. Der Fall zog sich hin. Von dem Tag an, war nichts mehr so wie immer. Norbert wurde krankgeschrieben. Der Kaffee schmeckte ihm morgens nicht mehr. Ein Brechreiz beim Zähneputzen, er stand einfach nicht mehr auf. Gedanken schossen durch seinen

Kopf, sie waren einfach da, er konnte sie nicht steuern. Es lief doch alles so gut in Norberts Leben. Jetzt fehlte ihm erst recht eine Partnerin, die zuhörte, die ihn verstand, die da war, einfach nur da war. Jeden Tag schaute Norbert nun ins Leere. Die Gedanken kamen und gingen, völlig ungesteuert. Norbert wurde allmählich depressiv, er suchte immer mehr den Sinn des Lebens. Immer wieder erkundigte sich Norbert nach den Kindern, vor allem nach Markus. Norbert hatte entweder einen guten Tag oder einen schlechten. Innerhalb von Sekunden konnte ein guter Tag kippen, dann waren sofort wieder diese Gedanken da. Der Druck wurde unerträglich. Nach außen schien Norbert gefasst, aber seine Gedanken kreisten immer mehr um Abschied – Abschied vom Leben. Eines Morgens ging Norbert zielstrebig in seine Garage. Er schloss den Wasserschlauch an den Auspuff seines Autos an, umklebte die Verbindung mit Isolierband und legte den Schlauch durch das Seitenfenster auf der Beifahrerseite. Auch hier klebte Norbert alles gut zu. Durch seine Schlaflosigkeit wurden Norbert Beruhigungs- und Schlaftabletten verschrieben. Die hatte er in seiner Hemdtasche, auch eine Flasche Wasser. Er setzte sich in sein Auto und hörte sich seine Lieblingsmusik an. Ballroom Blitz spielte, während Norbert sein Leben vor seinem Dritten Auge betrachtete. Kommissar Keller – seine Tochter Angelika saß ebenfalls im Unglücksbus – suchte jede freie Minute nach Antworten. Er kannte Norbert als sehr umsichtigen Fahrer. Wieder stand er an der Kreuzung und beobachtete den Verkehr. Ein älter Herr kam auf ihn zu und schilderte: „Hier treiben sich immer einige Gestallten herum, die die Kreuzung fotografieren und beobachten. Sie tragen auch Stoppuhren bei sich. Da müssen Sie einmal Nachforschungen betreiben, Herr Kommissar." Tatsächlich beobachtete Kommissar Keller nach einer Stunde drei Männer, die sich Zeichen gaben und mit Stoppuhren die Lage sondierten. Kommissar Keller orderte Verstärkung.

Die Männer wurden festgenommen, eine Hoffnung im Fall Schulbus kam auf. Diese frohe Botschaft wollte Kommissar Keller gleich Busfahrer Norbert überbringen. Vor der Garage parkte der Kommissar seinen Einsatzwagen. Bereits beim Aussteigen roch er giftige Abgase. Ohne zu zögern stieg er in seinen Einsatzwagen, fuhr drei Meter zurück, um Anlauf zu holen und durchbrach das hölzerne Garagentor. Er hielt die Luft an und schleppte mit letzter Kraft Norbert aus seinem Auto. Sofort begann er Norbert zu versorgen, sendete einen Funkspruch ab und pumpte immer wieder Luft in Norberts Lungen. Norbert wurde gerettet, den Kindern ging es wieder gut, Markus kam noch mit Krücken in die Schule, aber es ging bergauf, die drei Männer gestanden, Versicherungsbetrügereien begangen zu haben. Alles in allem bleibt zu sagen: Glück im Unglück!

Verlobung in Westerland – 54,9°

Es war alles von Frank geplant, bis ins kleinste Detail setzte er alles um. Der Morgen war sonnig, es würden heute laut Wetterbericht 32 Grad werden. Bärbel hatte gestern Abend bereits die Koffer gepackt. „Kümmere dich nur noch um deine Akten, Liebster", sagte Bärbel. Frank war Makler, traf sich im Hotel Miramar zu einem wichtigen Termin, so sagte er es auf jeden Fall zu Bärbel. Bärbel und Frank waren nun bereits zwei Jahre befreundet, eigentlich mehr als befreundet. Die Fahrt von Frankfurt bis zum Elbtunnel in Hamburg war für Frank ein Kinderspiel. Zunächst ging es bei flotter Musik und 130 auf dem Tacho rasch vorwärts. Doch standen sie nach fünf Stunden mitten im Morgenverkehr vor dem Elbtunnel im Stau. „Das kann dauern", murmelte Frank. Im Radio liefen „Deutsche Schlager".

„Auch nicht so mein Ding", ergänzte Frank. Ein Klick auf das Radio und der MP3-Player spielte Bärbels Lieblingsmusik. Gegen dreizehn Uhr standen sie dann endlich auf dem Autozug, der sie nach Westerland bringen sollte. Die ersten zwei Tage auf der Insel verliefen prächtig. „Morgen ist unser Jahrestag", sagte Bärbel. „Ja, schade, dass ich morgen Abend den Termin wahrnehmen muss, wir feiern unseren Tag nach, Darling", entschuldigte sich Frank. Mit einem herrlichen Frühstück begann der nächste Tag. Beide machten einen schönen Ausflug nach List. Sie bummelten durch die Alte Tonnenhalle, kauften dieses und jenes und saßen lange im Fischrestaurant. „Tja, um acht Uhr heute Abend vor zwei Jahren trafen wir uns das erste Mal. Ausgerechnet heute Abend bin ich nicht da", sagte Frank traurig. „Ich warte im Strandkorb am Strand auf dich, Liebster. Beeile dich bitte, wenn du kannst", sagte Bärbel mit trauriger Stimme. Gegen Abend packte Frank seine

Aktentasche, ganz schön ausgebeult war sie. „Das sieht aber nach langen Verhandlungen aus", sagte Bärbel. Sie ging zum Strand und setzte sich in den gemieteten Strandkorb mit der Nummer 348. Gegen 19:50 Uhr zog eine schwarze Wolke auf. Es war aber immer noch. Pünktlich um 20 Uhr schlich sich Frank heran und überraschte Bärbel. Er kniete sich vor Bärbel und öffnete den Aktenkoffer. Eine Flasche Sekt und zwei Gläser waren darin, sowie ein kleines Päckchen. Während er das Päckchen öffnete, sagte er mit leiser Stimme: „Die Ringe sind erst vor 20 Minuten graviert worden, willst du meine ..." Plötzlich verspürte Frank einen Stich in der Brust und sank zusammen. Er merkte, dass eine Kugel ihn getroffen hatte. Sein Militäranzug war voller Blut. Sanitäter eilten herbei. „General, General, wir werden alles tun um sie zu retten!", schrie der Sanitäter. Die Welt sah düster aus. Bomben fielen auf die Stadt. Sirenen heulten. Der Himmel war blutrot. „Was passiert hier? Wo bin ich?", stammelte Frank. „Die Gegner haben uns bis hierher zurückgetrieben. Wir sind am Standort Breitengrad 54,9. Die Stadt Negrell ist verloren. General, General ..." Frank starb in den Armen des Sanitäters. „Entschuldige, Darling. Ich hatte einen schlimmen kurzen Traum", Frank stützte sich am Strandkorb ab und fuhr fort: „Willst du meine Frau werden?" Bärbel war überglücklich und antwortete mit einem „Ja". Es war der 8. April. Genau um 20 Uhr 7 überlagerten sich zwei Parallelwelten bei dem Breitengrad 54,9 und dem Längengrad 8,3. Frank starb in der Parallelwelt Gentogra in der Stadt Negrell und verlobte sich auf der Erde, in Westerland auf Sylt.

Aus der Sicht zweier Gäste im Restaurant

Jeden Freitag gehe ich mit meinem Mann Gerd zum Frühstück ins Restaurant „Zur Sonne". Wir bestellen immer vor, denn sonst bekämen wir keinen Platz mehr. Dieses schnuckelige Stübchen wird gern besucht, in der Hauptsache von Rentnern, die in diesem kleinen Ort ansässig sind. Wenn wir gegen 11 Uhr kommen, sind schon alle Tische belegt. Ein reger Gesprächsaustausch ist dann schon im Gange. Nun, wir sind Autoren und lauschen immer gern, was da so gesprochen wird. Heute kam Erich, direkt an unseren Tisch und begrüßte uns freundlich. Seine Kollegen kamen kurz nach ihm herein. Alle setzen sich an einen Tisch und Willi fing die Unterhaltung an. Mein Mann und ich lauschten gespannt. Jedes Mal ist es spannend, die Ohren zu spitzen. Willi, Erich und Fritz sind ein eingespieltes Team. Und die Kellnerin Gabi weiß genau, ohne zu fragen, was die Herren wünschen. Willis Frau musste ins Krankenhaus. Die Galle. Ein Problem, was sie schon lange mit sich herum schleppte. Aber Willi meinte: „Das wird sie gut hinter sich bringen, denn Olga ist ein zäher Brocken." Worauf Erich in die Runde warf: „Du wirst es nicht glauben, Willi, aber Lisbeth und ich hatten in der letzten Nacht Sex, da ging die Post ab. Das Weib ist immer noch gut bei der Sache." Fritz musste lachen: „Meine Herta hat in den letzten 20 Jahren ganz schön zugenommen. Da geht nix mehr, außer Streicheln… hin und wieder." Gerd und ich saßen am Nebentisch und konnten alles deutlich mitbekommen. Wir mussten uns das Grinsen verkneifen, aber für unser neues Buch kamen diese Geschichten gerade richtig. Erich trank nur Cola und die beiden anderen Kaffee in rauen Mengen. Sie schwadronierten ohne Pause: „Wisst ihr schon, dass der Bus einen Umweg fahren muss?"… „Ja, haben wir schon gehört, aber Morgen kommt mein Wagen aus der Inspektion zurück, dann hat sich Busfahren erst einmal erledigt.", sagte Willi. Gerd und ich notierten jedes Gespräch für unser Buch. Zum Schluss schmissen wir noch eine Runde Kaffee für die alten Herren herüber und der Vormittag nahm ein zufriedenes Ende. Wieder mal ein Freitag im Restaurant „Zur Sonne", an dem wir an wunderbaren Gesprächen teilnehmen durften. Gerd und ich wissen schon jetzt, dass der nächste Freitag wieder ein Erlebnis wird.

Der Baum

Karl war ein stolzer Ritter. Wenn es ihm möglich war, so traf er sich immer mit Siglinde. Auf der grünen Wiese vergnügten sie sich. Sie lachten und küssten sich. Siglinde brachte immer einen gut gefüllten Korb mit allerhand Leckereien mit. Karl griff herzhaft zu. Es war sein letzter Kreuzzug. Außer ein paar Stichwunden ist er unversehrt geblieben. Mit Siglinde wollte er ein neues Leben weit entfernt im Süden beginnen. So entkamen sie dem schwarzen Tod. Plötzlich traf mich eine Bleikugel. Nun gut, ich war noch im Wachstum, aber sie blieb ein Leben lang in meinem Stamm. Ich erinnere mich auch gern an Rüdiger und Liebermann. Wie oft spendete ich ihnen Schatten wenn sie ihre langen Schachpartien spielten. Eines Tages gesellte sich Tiberius hinzu. Er hatte die Neuigkeit zu erzählen, dass es nur noch Arabische Zahlen gibt und nicht mehr die Römischen.

Prompt ritzte er in meinen empfindlichen Stamm einen Kreis ein und sagte, dass nennt man Null. Ein neuer Sommer brach an. Konstanze breitete unter meinen weit ausgebreiteten Armen eine Decke aus mit lauter Köstlichkeiten. Ihr Liebster liebkoste Konstanze. Beide genossen die frische, saftige Luft der grünen Wiese. Bevor Konstanze aus einem dieser neuen, wunderbaren gebundenen Schriften als Buch etwas aus der Wissenschaft erfuhr. Eine lebhafte Diskussion erlebte ich einige Sommer später. Zwei Freunde unterhielten sich über die Sonne. Wie oft habe ich sie schon aufgehen und wieder untergehen sehen. Ich habe die Wärme genossen. Beide diskutierten heftig darüber, dass sich die Erde nun um die Sonne dreht. Ach, was interessiert es mich. Viele Paare liebten sich unter meinen schützenden Armen. Ich habe mich immer sehr gefreut. Dann sah ich 30 Jahre nur eine Verwüstung. Viele Kugeln trafen mich. Ein junger Mann betete zu Gott. Ein anderer wurde von einer Kugel getroffen. Ach, hätte es doch lieber mich erwischt. Ganz erschrocken bin ich gewesen als dicht neben mir Brüder und Schwester aufgestellt wurden. Ohne Arme. Ganz kahl waren sie.

Verbunden wurden sie mit langen Leinen. Ich hörte wie zwei Arbeiter während der Pause von Telegraphie sprachen. Nun, wenn es unbedingt sein muss. Aber wieviel schöner wäre es gewesen, wenn diese Geschwister Blüten tragen würden. Jetzt glühen nur die Drähte. Ganz in meiner Nähe wurde ein fester Weg angelegt. Mit Staunen sah ich, dass die Fuhrwerke nun ohne Pferde auskamen. Dafür war es aber laut und ein unangenehmer Geruch lag in der Luft. Trotzdem amüsierten sich Luise und ihr Herrmann bei mir. Wir alle waren sehr glücklich.

Wieder und immer wieder wurde ich von Kugeln getroffen. Ein riesiges Loch neben mir in der Erde hätte mich fast vernichtet. Aber ich konnte mich noch so eben abstützen. Danach kam eine sonderbare Zeit. Junge Leute brachten Fröhlichkeit, Tanz und Geräte mit, aus denen sie eine ganze Kapelle aus einem kleinen Kasten hörten. Einige brachten schwarze Scheiben mit. Renate war ganz begeistert von einem gewissen Elvis, der mich aber nie besuchen konnte. Im Laufe der Zeit habe ich viel gesehen, gehört und erlebt. Heute haben die jungen Leute Knöpfe im Ohr. Über mir donnern schwere Fahrzeuge durch die Luft. Ich stehe immer noch auf der grünen Wiese, denn mittlerweile bin ich ein sehr alter Baum.

Der Geist der Zukunft

Lang blonde Haare, einen sehr schönen Körper, die wunderbare Bildung. Noch viel mehr könnte man über Roberta aufzählen. Sie war eine junge Frau im besten Alter. Nun suchte sie Zärtlichkeit, Liebe, Geborgenheit, einen lieben Mann, der mit ihr die durchs Leben gehen möchte. Roberta ist Krankenschwester, geht ganz in ihrem Beruf auf. Ja, man kann sagen, es ist ihre Berufung. Sie hilft allen, kein Weg ist ihr zu weit, keine Arbeit zu viel. Zu allen Zeiten wurde Roberta beobachtet. Eines Tages, Roberta hatte einen anstrengenden und langen Arbeitstag hinter sich, fuhr sie rechts ab in die Kirchhofstraße. Noch etwa 500 Meter bis zu ihrer hübsch eingerichteten Wohnung. Es war eine Vorfahrtstraße. Sie konnte nicht damit rechnen, dass der schwere LKW weit ausholte. Er bog dann in die Nebenstraße ein. Zumal der LKW Fahrer viel zu schnell in die Kurve fuhr. Aber auch hier ist zu sagen, ob Alkohol, zu hohe Geschwindigkeit oder Unachtsamkeit, es tut nichts zur Sache. Auf jeden Fall kollidierten die Fahrzeuge. Benzin entzündete sich. Roberta wurde stark verbrannt und entstellt. Ihr Gesicht war den Rest ihres Lebens unkenntlich gemacht, durch diesen Unfall. Roberta weinte immer, mied die Öffentlichkeit und ging nur noch im Dunkeln raus. Am Abend flüchtete sich die junge Frau in einen Traum. Es war ein herrlicher Strand am Meer.

Da war er plötzlich, ein bildschöner Mann, zärtlich und einfühlsam. Sehr verständnisvoll war er auch. Er stellte sich als David vor. Braune, fast schwarze Haare und etwas länger. Kann man bei einem Mann von Schönheit sprechen, dann trifft es bei ihm zu. David war nur für Roberta da, nur für sie. Die Jahre vergingen. Robertas Figur war immer noch einmalig. Die langen Haare verdeckten die Verletzungen im Gesicht. Aus Angst, man könnte etwas sehen, übernahm sie nur Spätschichten. Ihr Wille, Gutes zu tun, brach nie ab. Bei einem Einkauf, beobachtete sie einen Mann, der sehr viel Ähnlichkeit mit ihrem Traummann hatte. Es kribbelte in ihrem ganzen Körper. Sie hatte sich sofort verliebt, dachte nur noch an diesem Mann. Eine Woche später, traf sie ihn wieder. Ihre Einkaufswagen stießen zusammen. Er entschuldigte sich. Ein Gespräch zwischen den jungen Leuten entwickelte sich. Er stellte sich mit David Warden vor. Roberta war sprachlos. Eine große Liebe erblühte. Beide staunten immer wieder, wie gleich sie waren. Da passte alles zusammen. Heirat, Kinder und ein tolles Haus kamen danach. Einmal beichtete Roberta ihrem Mann, dass sie jeden Abend gebetet hatte. Da war dieses Licht am Nachthimmel. Sie redete mit diesem Licht, das auch tatsächlich in Bewegung geriet. Es drehte sich und es sah aus, als wenn dieses Licht schreibende Bewegungen machen würde. Roberta schämte sich etwas. „Nein, Liebling, schäme dich nicht, Ich glaube dir, denn ich habe dich immer beobachtet. Wir beobachteten alle guten Menschen. Ich sah deinen Unfall. Sah in der Zukunft diesen Mann. Den Unfall, konnte ich nicht verhindern. Ich hatte keinen feststofflichen Körper. Dann reiste ich zurück in die Vergangenheit, gab dir diesen Traum ein und schlüpfte in

David. Nun bin ich hier. Ich liebe dich und beschütze dich für immer."

Der letzte Zug

Dieter ist wohlbehütet in seiner Familie aufgewachsen. Vater und Mutter förderten ihn in allen Bereichen. Dieter war sehr wissbegierig. In der Schule war er nicht der Streber. Aber ihm flog eben alles so zu. Lieblingsfächer hatte er nicht. Er interessierte sich für alles. Aber auf der anderen Seite war Dieter auch ein Spätentwickler. Mit Siebzehn hatte er eine Freundin und auch der erste Kuss war angesagt. Nun ja, wann er seine erste Frau liebte, keiner weiß es genau. Sein Architekturstudium schloss er natürlich mit Auszeichnung ab. Wenn er den Grundstein für ein sorgenfreies Leben gelebt hatte, wünschte er sich eine Frau und Kinder. Er gründete Ingenieurbüro mit drei Angestellten. Der Laden lief prächtig. Seine Spezialität waren extravagante Gebäude. Die Hausbauer rannten ihm die Bude ein. Sein Partner, mit dem Dieter eine Sozietät gründete, war für die Inneneinrichtung zuständig. Das Ingenieurbüro entwickelte sich zum Renner. Ja, bald könnte er eine Familie gründen, bald eben. Dieter schuf sein erstes Haus und die gesamte Erfahrung floss ein. Ein riesiger Garten, 8 Zimmer, vier Garagen, ach, was soll noch alles aufgezählt werden. Demnächst sollten auch die Kinderzimmer eingerichtet werden, demnächst eben. Das Büro wurde immer erfolgreicher. Seine Kunden wollten ihn.

Nur ihn. Mittlerweile zählte er einen Ferrari und einen Porsche zu seinem Eigentum. Jedes Wochenende verbrachte er mit seinen Autos. In Paris, New York und London eröffnete Dieter immer neue Büros. Spitzenkräfte leisteten eine Spitzenarbeit. Dieter wollte immer höher hinaus. Sein Ferrari fuhr über 300, aber das wusste Dieter noch nicht, denn er hatte keine Zeit. Jetzt wollte er zusätzlich noch den Pilotenschein machen. Gerade als er über Wiesen und Wälder hinweg flog, da passierte es. Nein, nichts Schlimmes. Kein Unfall, keine gesundheitlichen Probleme, er schaute einfach nur nach rechts. Der Sitz war frei. Keine Partnerin, keine Ehefrau, keine Liebe.

Plötzlich wurde ihm klar, wo sind denn die Jahre geblieben? Meine Jahre. Er war 57 Jahre alt und immer noch nicht glücklich. Dieter verzweifelte. Ihm ist sein erster Kuss mit 17 eingefallen. Das war vor 40 Jahren, Elise war ihr Name. Dieter ging wieder ganz in seiner Arbeit auf. Diesmal flüchtete er regelrecht dort hinein. Nur nicht an die Vergangenheit denken. Ein Brief mit einer Einladung zum Klassentreffen kam per Post. Dieter orderte einen Mittelklasse-Leihwagen. Er wollte seinen Reichtum nicht zeigen. Das Klassentreffen war gut besucht. Bernd hatte 6 Kinder. Gisela einen Arzt zum Ehemann. Detlef hatte 50.000 Euro Schulden. Jörg sei bei einem Autounfall ums Leben gekommen, alles das, erzählte man ihm. Gelangweilt ging Dieter an die Bar. Da saß sie nun, Elise, schön, wie vor 40 Jahren. Der erste Kuss war sofort in den Gedanken. Elise verlor alles. Ihre Ehe zerbrach. Es war der Alkohol von

Bernd, ihrem Mann. Die Kinder waren aus dem Haus und Elise, bewohnte eine Zweizimmerwohnung. „Elise, du bist der einzige Lichtblick hier.", sagte Dieter. Sie redeten bis zum Morgen. Beide verliebten sich ineinander. Sie wurden glücklich. Der letzte Zug in ihrem Leben fuhr ganz langsam aus dem Bahnhof heraus ins Glück!

Der Überfall mit Folgen

Für den älteren Herrn mit Brille spielten die Fußballer von Wacker Null... na, ich habe die weitere Zahl vergessen, ganz einfach zu zaghaft. Der Herr mit Oberlippenbart meinte, sie spielten einfach nur grässlich. Der Herr mit dem Karohemd dagegen interessierte sich nicht für Fußball. Das Trio war bei Gerda Bernshofer gern gesehen, als ich sie besuchte, um diese Geschichte festzuhalten, plauderte sie sofort drauflos. Ich bin Reporter des Stadtspiegel-Anzeigers und wollte die Story gern schreiben. Das lag daran, dass ich die 3 Rentner jeden Mittwoch bei ihrer Plauderrunde sah, dabei dachte, was sie wohl früher einmal für Berufe ausgeübt hatten und wie ihr Leben so verlief. Die Gespräche verfolgte ich immer mit einem Ohr mit, denn ich saß regelmäßig einen Tisch weiter, mit meinem Laptop bestückt erledigte ich die Büroarbeit. So wartete ich bei einem Tee auf meine Frau, sie ist in der Anwaltskanzlei beschäftigt, gegen 18 Uhr kommt sie dann hierher. Nun, erwähnen muss ich, es war nicht immer Tee, liest sich aber schöner.

Wie gesagt, auch an dem ganz besonderen Tag saß ich, mit einem Ohr hinhörend, am Nachbartisch. Der Herr mit Brille fragte in die Runde, ob noch jemand die alten Porsche Wagen kennt. „Aber sicher", so der Herr mit Karohemd, „waren das nicht welche mit VW-Motor?"... „Nein", so der Herr mit Brille, „die hatten einen Doppelvergaser und ordentlich Bums unter der Haube!"... „Sach bloß", so der Herr mit Bart, „aber die Form war gleich!"... „Flacher waren sie, viel flacher, ganz flach!", entgegnete der Herr mit Brille.

Ich schrieb weiter an meinem Bericht zum neuen Schwimmbad, konnte hier wirklich nicht folgen, es war nicht meine Zeit, ich bin Jahrgang 1991. Den Unterschied zwischen Ketten- und Nabenschaltung am Fahrrad kenne ich wohl, das war das nächste Thema der Herren. Ich schätzte sie übrigens so um die 75 ein. Fragte mich dann des Öfteren, worüber werde ich wohl mit meinem Tennisfreund Sven später einmal reden? Meine Frau kam pünktlich. „Magst du ein Getränk?", fragte ich. „Heute nicht, Liebster. Beate und Klaus kommen doch heute!"... „Ach ja, fast vergessen!" Von Frau Bernshofer erfuhr ich, dass die Herren gegen 22 Uhr aufgebrochen sind. Fröhlich, wie immer, verließen sie die kleine Kneipe. Hinter dem Grünewaldweg kam ein kleines Waldstück. Hier lauerten 2 Männer, die nichts Gutes im Sinn hatten, den älteren, körperlich unterlegenen Herren über 75, auf. Die Männer waren mit Eisenstangen und Gaspistolen bewaffnet. Es war aber nicht möglich, eine Gaspistole von einem echten

Schießeisen zu unterscheiden. Es kam, was kommen musste!

In den Polizeiakten las ich später:

Die Herren Alfons D., Hubert S. und Herbert B. wurden nachts um 22.45 Uhr von den Männern Detlef R. und Richard T. mit Eisenstangen und geladenen Gaspistolen überfallen und beraubt. Zum Raub kam es nicht mehr, denn Detlef R., 32 Jahre, und Richard T., 35 Jahre, wurden derart vermöbelt, dass wir den Krankenwagen bestellen mussten.

"Ist doch klar", sagte mir Frau Bernshofer, "die 3 waren Berufsboxer!"

Die Wendeltreppe

Das alte, sehr gepflegte Herrenhaus stand inmitten eines Weingutes. Agathe und Antonio waren adelige Leute und bewohnten es schon lange. Agathes erster Ehemann, Bernhardt, starb sehr früh. Es war keine Liebesheirat, sondern eine Zweckverbindung. Sie konnte das Weingut jedoch nicht allein bewirtschaften. Auf einer Reise durch Italien lernte sie Antonio kennen. Er wusste nicht, dass Agathe eine Adelige war. Er verliebte sich in sie. Antonio selbst ist ein gepflegter Mann mit sehr guten Manieren. Agathe ließ sich von Antonios Charme einwickeln und verliebte sich ebenfalls. Sommelier war Antonio von Beruf und reiste durch Europa. Er war ein Experte, was den

Weinanbau und das Keltern anging. Jeder Winzer war auf seine Meinung und seinen Rat angewiesen. Agathe zeigte Antonio das Weingut. In ihrem Lancia Cabriolet fuhr sie kreuz und quer durch das Land. Antonio hatte nur noch Augen für Agathe. Es war seine ganz große Liebe. Irgendwann wollten sie Kinder haben, jedoch dieser Wunsch blieb ihnen verwehrt. Das Weingut war sehr erfolgreich und viele Höhen und Tiefen erlebten beide gemeinsam. Ohne den anderen Partner ging es nicht. Eines guten Tages stand eine Dürreperiode an. Es regnete wochenlang nicht. Alles trocknete regelrecht aus. Ein großer Teil ihrer Ersparnisse ging drauf, damit die Arbeiter und Arbeiterinnen auf dem Weinberg bezahlt werden konnten. Denn die gesamte Weinernte fiel ins Wasser. An jeder Ecke mussten sie sparen. Das Herrenhaus wurde nicht geheizt. Weiterhin aber gab es für die Angestellten des Weingutes warmes Essen. Auch das Weihnachtsfest und die Nikolausfeier wurden ausgerichtet. Auch für Geschenke sorgten Agathe und Antonio. Doch die seelische Belastung wurde für Agathe immer unerträglicher. Sie wurde sehr krank. Über 70 Jahre alt waren beide mittlerweile und ihre Liebe war groß wie immer. Der Zusammenhalt war riesig.

Im darauffolgenden Jahr war die Traubenernte wieder sehr gut. Alles schien wieder in Ordnung zu sein. Agathe aber erholte sich schlecht von ihrer Krankheit. Antonio arbeitete fleißig auf dem Weingut. Er war sehr besorgt um seine große Liebe und versorgte Agathe sehr liebevoll. Eines Tages, es war ein warmer Spätsommer, die Sonne ging im

Westen unter. Agathe beobachtete den Sonnenuntergang. Sie fühlte sich sehr schwach und fragte ihren Geliebten nach einem Glas Wein. Es sollte ein besonderer Wein sein. Eine Flasche aus ihrem Hochzeitsjahr. Im Weinkeller lagerte er wohl temperiert über Jahrzehnte. Es war ein Gewölbekeller, 5 Meter unter dem Herrenhaus. „Liebster, hole uns eine Flasche Wein herauf. Aber bitte halte dich gut am Geländer fest denn die Wendeltreppe ist gefährlich. Ich liebe dich und freue mich auf gleich.", sagte Agathe. Antonio freute sich darüber und ging langsam die Wendeltreppe herauf, nicht etwa hinab! Es wurde immer heller mit jeder Stufe und heller und immer heller. Oben angekommen nahm ihn seine geliebte Frau Agathe in die Arme und sagte: „Liebling, jetzt sind wir für immer zusammen, für immer und ewig."

Ein gemeiner Mord

Ich heiße Sonja und bin 45 Jahre alt geworden. Schade, denn ich hatte das Leben noch vor mir. Als Tochter eines amerikanischen Eisfabrikanten hatte ich nur Luxus im Kopf, wobei ich aber meine Ausbildung sehr ernst nahm. Mein schulischer Werdegang ging sehr zügig voran. Das Studium der Naturwissenschaften machte ich im Handumdrehen. Mit 30, kurz nach dem Studium, lernte ich einen attraktiven Mann kennen. Etwas älter war John und Lehrer am dortigen College. Wir liebten uns sehr. Oft saßen wir abends stundenlang und diskutierten über Gott und die

Welt. John war ein sehr gläubiger Mensch und konnte nicht verstehen, dass es so viel Schlechtes in der Welt gab. Wir meditierten jeden Abend miteinander. Ich hatte meinen Dr. Titel in Biologie gemacht und war sehr stolz darauf. Endlich hatte ich die Möglichkeit mit meinem Liebsten nach Texas zu gehen. Dort bekamen wir sofort eine Anstellung an einer Universität. Eigentlich waren wir glücklich, doch eines Abends, als ich von der Uni nach Hause fuhr, folgte mir ein Taxi. Der Fahrer des PKWs wurde immer dreister und fuhr schneller und schneller. Leider war mein Mini schon 10 Jahre alt, sodass ich ihm nicht entkommen konnte. John hatte auch an diesem Abend das Essen gemacht. Dadurch, dass er früher zu Hause war als ich, übernahm er die Aufgabe. John wartete. Ich kam nicht. Es wurde spät. John fuhr die Strecke ab, die ich immer nutzte um schnell zu Hause zu sein. John fand meine Schuhe am Wegesrand. Ein paar Meter weiter ein abgerissenes Stück von meiner Bluse. Ich musste mich heftig zur Wehr setzen, was mir letztendlich nichts nutzte. Jetzt handelte mein Liebster sofort und rief die Kriminalpolizei an. Es wurde zügig gehandelt und alles in die Wege geleitet. Die Beamten sicherten die Fundstücke. Aber sonst fanden sie nichts. Eine riesige Suchaktion wurde gestartet. Aber auch nach Wochen konnte keiner den Mord an mich aufklären. Als John schon fast den Glauben an die Menschheit verlor, geschah etwas, dass er nicht fassen konnte.

Etwa drei Monate nach meinem Verschwinden klingelte es abends an der Tür. Meine Schwester, die falsche Schlange, stand vor ihm. „Was wollen sie?", fragte John. Was sie wollte war doch klar. Sie wollte das Geld aus meiner Lebensversicherung. Ich hatte einen sehr fatalen Fehler gemacht, als ich meine geldgierige Schwester als Begünstige in meine Police eintragen ließ. John sagte ihr vor den Kopf, dass er mit ihr nichts zu tun haben will. Er wusste genau wie falsch sie war. Kam uns nur besuchen wenn sie etwas wollte; und ich falle darauf rein. Ihre Mitleidsmasche hatte mich das Leben gekostet. Wochen später wurde meine Leiche gefunden. Man stellte fest, dass ich erdrosselt wurde. Anschließend hat man mich entsorgt wie einen Müllsack. Nur eines fanden sie noch nicht, das Beweisstück, eine goldene Brosche mit Türkise. Abgebrüht wie diese Hexe war, ging sie zur Polizei und fragt nach dem Ermittlungsstand. Sie bekam keine Antwort, sondern machte sich nur verdächtig. Nach ihrem Alibi wurde sie gefragt, da man fast den genauen Todeszeitpunkt ermitteln konnte. In Ausreden war dieses Biest ja nie verlegen. Sie wurde ausgefragt, wie das Verhältnis zu mir denn wäre und noch vieles mehr. Schnell fand die Polizei heraus, dass sie das Geld aus der Versicherung bekommen sollte. Jetzt kam man dem Fall schon etwas näher. Einen dubiosen Freund hatte sie, der auch nichts hatte, sondern ständig Schulden machte. Außerdem war er vorbestraft. Mit so einem Ganoven hatte sie ein Verhältnis, diese Schlampe. Und ich hab' ihn quasi mit unterstützt. Na ja, was soll es, jetzt brauche ich mich wohl nicht mehr darüber aufregen. Jedenfalls gingen die Ermittlungen in meinem Fall weiter. Einige Wochen später klopfte die Kripo an unsere Tür. Es wurde eine Brosche gefunden, sagte zu man John. Wem denn diese gehöre, wollte man wissen. Es kam keine Antwort. John wollte einfach nur seine Ruhe haben. Er war ein gebrochener Mann. Es sollte noch einige Zeit vergehen, bis man darauf kam, dass meine Schwester mich aus Habgier umbringen ließ. Diese Giftnatter hatte es nicht anders verdient. Gut, dass man die Brosche fand, sonst würde ich mich im Grab umdrehen, wie man so schön sagt. John bekam dann nach langem Hin und Her das Geld von der Versicherung. Na ja, wenigstens etwas Erfreuliches.

Jedenfalls hatte ich eine tolle Beerdigung und freue mich, dass John wieder eine neue Frau hat. Wie schnell das doch ging. Na, ja was soll's.

Eine nette ältere Dame - Teil 1

Maria Müller bestellte gerade in der Bäckerei vier Brötchen und ein Bauernbrot. Plötzlich fasste sie sich an die Brust und wimmerte: „Mein Herz, mein Herz." Dann sackte sie langsam zusammen. Bäckerin Greta Harnbacher drehte die Wählscheibe an ihrem Telefon. „Bitte schnell einen Arzt, schnell bitte. Bei Harnbacher zur alten Mühle." Eine Menschenmenge sammelte sich in der Bäckerei und davor, während alle auf den Krankentransporter warteten. Niemand bemerkte, wie zwei gutgekleidete Herren, mittleren Alters mit Aktenkoffer die gegenüberliegende Bank betraten. Es bemerkte auch niemand, wie zwei gutgekleidete Damen den daneben liegenden Juwelier betraten. Niemand merkte, wie zwei Halbstarke mit Elvis-Tolle, sich vor den Türen der Bank und des Juweliers positionierten. Die Halbstarken, in Jeans und Lederjacke, schauten regelmäßig auf ihre Uhren und gaben sich Zeichen. Währenddessen zückten die beiden Herren in der Bank, Maske und Eisen. „Jeder bleibt da, wo er gerade steht. Dies ist ein Banküberfall, wir machen Ernst und im Koffer ist eine Bombe." Der eine hielt die drei Angestellten in Schach und der andere räumte die Kasse leer. Alles Geld packte er gierig in große Tüten, die in dem Koffer waren. Derjenige, der die Angestellten in Schach hielt, stellte einen Aktenkoffer mit einem tickenden Etwas mitten in den Kassenraum. Drähte schauten heraus. Die Gauner hauten in aller Seelenruhe ab und wendeten ihre schwarzen Mäntel, sodass sie nun weiß waren. Im Juweliergeschäft spielte sich fast das Gleiche ab. Die eleganten Damen ließen sich beraten. Plötzlich hatten sie statt eines Taschentuchs einen Revolver in der Hand. Nicht sehr groß, aber sehr effektiv. Ruck-zuck räumten sie die Auslage leer. Diamantringe und Armbänder und Uhren. Einfach alles was ihnen zwischen die Finger kam. Der Juwelier und seine Angestellten hockten in einer Ecke. Vier Meter vom Not-Schalter entfernt, um bei der Polizeiwache Alarm zu schlagen. Beide sahen nicht, wie die Diebinnen eine andere Perücke aufsetzten. Diese Perücken waren schwarz. Die Mäntel der Damen wurden auch gewendet, sodass sie weiß waren. Inzwischen traf der Krankenwagen ein. Polizisten befragten die Bäckerin. Zwei Notärzte trugen auf einer

Bahre die ältere Dame Maria Müller zum Krankenwagen. In diesem Augenblick gaben die Halbstarken den Männern in der Bank und den Frauen im Juwelierladen ein Zeichen. Die vier Erwachsenen gingen auf den Krankenwagen zu, zwangen die Ärzte einzusteigen und brausten mit Blaulicht los. In einem nahegelegenen Waldstück zwangen sie die ältere Dame als Geisel mit in ihren gestohlenen Fluchtwagen zu steigen. Die Bande, einschließlich der Halbstarken, floh über alle Grenzen und wurde nie wieder gesehen. Im abgestellten Koffer in der Bank war übrigens keine Bombe, sondern ein alter Wecker. Maria Müller hieß auch nicht so, sondern war die Großmutter der Bande. Auch die Enkel waren involviert. Und der Clou: Großmutter entwickelte den Plan!

Omas letzter Auftrag - Teil 2

Wir erinnern uns noch alle, als Großmutter Maria Müller mit ihrer Bande, 2 Söhne, 2 Schwiegertöchter und 2 Enkel, gleichzeitig eine Bank und ein Juweliergeschäft überfiel und dann im Krankenwagen flüchtete. Ob in Spanien oder Italien, sie wurden nie gefasst. Aus der Zeitung wusste die Großmutter vom Geldtresorraub in Esslingen. Von den vier Stammtischfreunden aus Herne. Roland Esser, Freddy Lindenwald, Günther Farber und Holger Biermann, drehten 1950 das Ding. Freddy und ihr Sohn Paul waren seit der Kindheit miteinander befreundet. Des Öfteren trafen sich beide in Rom. Das Geld der Jungs aus Herne war langsam aufgebraucht. Maria Müller war zwar eine sparsame Oma, aber sie wollte auch ihre Familie abgesichert sehen. Großmutter kam auf den idealen Plan, ein großes Ding zu drehen. Sie war über 80, hatte aber immer noch genügend Power für solche Dinge. Sie wusste, dass sie irgendwann an Krebs sterben würde, aber ihr Geist litt nicht darunter. Nach zwei Wochen stand der Plan. Alle machten sich mehr oder weniger einen Spaß daraus. Nur Maria Müller war tot ernst.

Mit 40.000 Lire bestach Oma Müller den Wachmann eines Geld- und Gold Transporters. Die Orte und Ankünfte stimmten. Nur Sergio lachte darüber und dachte, dass die Oma nichts auf die Beine bringen würde. Aber das Geld nahm er gerne an. Einen italienischen Sportwagen wollte er sich kaufen. Jeder erhielt von Großmutter eine Order. Roland und Freddy hielten an eine, auf dem Weg gelegene, Autowerkstatt. Omas Söhne kauften in Rom einen ähnlichen Transporter. Er wurde umlackiert mit der Aufschrift SECURITY. Der große Tag kam. Maria Müller überließ nichts dem Zufall. Für sie war es das letzte Ding.

Der Krebs ist sehr weit fortgeschritten. Sie wusste von Dr. Alberto, dass es noch wenige Wochen waren. „Oma", sagte ihr Enkel Toni, „wie sollen wir den Transporter anhalten?"… „Sei unbesorgt", so die Oma, „ich sorge dafür." Alle waren bereit. Maria ordnete zwingend an, dass man sich nicht um sie kümmern müsse, denn sie habe alles im Griff. Die Zeit war reif. Der Geldtransporter wollte auf die Hauptstraße biegen. „Pass' auf!", schrie ein Wachmann! „Du überfährst die alte Frau dort." Schon passiert. Die Wachmänner stiegen aus. Sofort wurden sie überwältigt. Holger Biermann raste los zur Werkstatt. Vorne rein und hinten wieder raus. Alle waren mit Sprühpistolen ausgestattet und lackierten in unglaublichen zehn Minuten den Transporter in Rot um. Freddy stellte den in Rom verkauften Transporter auf ein abgelegenes Feld ab und steckte ihn an. Marias Enkel holte ihn ab. Alle trafen sich 50 km hinter Rom, teilten den Erlös und verschwanden. Ein Brief lag in der Werkstatt:

„Es wird alles klappen, ich liebe euch. Aber mein Krebs zwingt mich zu einer nicht angenehmen Tat. Wenn ihr das lest, werde ich nicht mehr leben. Bitte lebt euer Leben.

In Liebe eure Oma."

Kannst du mich verstehen?

Ich musste oft zu Kongressen nach Frankfurt. Durch meinen Beruf als Banker komme ich weit herum. Habe schon alles gesehen und viele Frauen gehabt. Kein Wunder, denn ich sehe mit meinen 54 Jahren noch recht passabel aus. Um nicht zu sagen, ich bin ein Schönling, das muss ich schon sagen. Aber das alles soll nur am Rande erwähnt werden. Mein Name ist Knut Bertram. Bin Generaldirektor der Morgan Stanley Bank in Frankfurt, lebe alleine. Habe eine nette Eigentumswohnung zwei Autos. Fahre drei Mal pro Jahr in Urlaub und müsste eigentlich glücklich sein. Jedoch bin ich es nicht. Vielleicht liegt es ja auch an mir. Ich weiß es nicht. Durch meine Verpflichtung und Verantwortung in meinem Beruf, habe ich das Thema Beziehung total verdrängt. Nur leider muss ich sagen, dass nun der Zeitpunkt gekommen ist, wo ich an die Zukunft denken muss. Aber wie sollte ich es anstellen und wo sollte ich suchen?" Myriam Schmidt, eine hochintelligente Frau. Hübsch und unabhängig wohnte in der gleichen Straße wie Knut Bertram. Auch sie besaß eine Eigentumswohnung und arbeitete in einem großen Immobilienunternehmen. Myriam ist 6 Jahre älter als Knut. Aber das tut nichts zur Sache.

„Ganz in der Nähe meiner Wohnung zog eine junge Frau ein. Im Augenblick ist mir noch nicht mehr bekannt geworden. Aber ich werde Mäuschen spielen. Sollte sie meine Kragenweite sein, werde ich sie mir schnappen. Ganz schön eingebildet, nicht wahr?" Eines Morgens, als Myriam gerade aus dem Haus gehen wollte, fuhr ein Lastwagen in einem Höllentempo geradewegs auf den anfahrenden Mercedes aus der Nachbarwohnung. Es gab einen fürchterlichen Knall. Und dann eine Totenstille. Myriam verständigte sofort Polizei und Krankenwagen. Was war los?

„Was war los, wo war ich? Ich konnte denken, alles wahrnehmen. Arme und Beine waren vollkommen taub. Und meine Stimme schien nicht zu existieren. Ich wollte etwas sagen, aber ich bekam keine Silbe über die Lippen. Ich wusste nicht einmal, was mit mir geschehen ist. Die Ärzte sprachen, so konnte ich es verstehen, von einem Hirntrauma und einer Lähmung."

Myriam Schmidt wartete bis der Sanitäter und die Polizei erschienen. Der LKW-Fahrer, war nur bewusstlos. „Der Mann im PKW soll angeblich Banker sein.", dachte sie. „Was war nur mit ihm? Er rührte sich nicht."

„Mensch, wo schieben die mich denn nur hin? Ich kann mich nicht bewegen, kann keinen Arzt fragen, was mit mir geschah. Sie schieben mich auf die Intensivstation. Jetzt höre ich einen Arzt sprechen: „Er hat nochmal verdammtes Glück gehabt. Der LKW- Fahrer ist am Steuer eingeschlafen und hatte den großen Lastwagen nicht mehr unter Kontrolle. Fast wäre er drauf gegangen. Aber wir werden unser Bestes tun". Ich verließ mich darauf, hatte ja auch keine andere Möglichkeit."

Myriam Schmidt fuhr dem Krankenwagen nach. Sie wollte wissen, was mit ihrem Nachbarn passiert ist und wartete auch brav im Krankenhaus auf eine Antwort des Arztes. Der Arzt der Intensivstation, fragte sie: „Wer sind sie?"… „Mein Name ist Schmidt. Ich habe den Unfall beobachtet.

Und der Verletzte ist mein Nachbar. Ich hatte alles in die Wege geleitet. Ich glaube ein Recht darauf zu haben, dass man mir sagt was er hat."… „Ja", sagte Dr. Esser, „der Patient ist Knut Bertram, Generaldirektor der Morgan Stanley Bank in Frankfurt. Er hat ein Schädeltrauma und ob er wieder laufen kann, ist noch unklar. Da müsste schon ein Wunder geschehen."

„Nun weiß ich endlich, was passiert ist, aber sterben will ich nicht. Ich will wieder sprechen und laufen lernen." Einige Tage später, kam langsam die Sprache wieder. Nun versuchte Knut krampfhaft gegen das taube Gefühl in den Gliedern anzukämpfen. Es gelang nur schwer. Täglich wurde mit ihm gearbeitet. Das Trauma war, dank guter Medikamente, schnell überwunden. „Ich werde mich nicht hängen lassen, das weiß ich." Myriam hatte es geschafft, sich eine Besuchserlaubnis für die Intensivstation zu verschaffen. Sie klopfte vorsichtig an die Tür: „Guten Tag, mein Name ist Myriam Schmidt. Ich wohne in der Nachbarwohnung und habe den Unfall verfolgt. Dank meiner schnellen Reaktion konnte ihnen noch rechtzeitig geholfen werden. Ich arbeite im Immobilienunternehmen ein paar Straßen weiter. Bin dort in der Chefetage tätig." Dass Myriam 6 Jahre älter war als Knut, konnte man nicht erkennen. Sie hatte noch nichts von ihrer Attraktivität verloren. Sie war eine schöne Frau. Knut konnte nichts antworten. Er stotterte verlegen: „Ja, danke Frau Schmidt, wie kann ich ihnen für meine Rettung danken?"… „Schon gut", antwortete sie. Von diesem Tag an kam Myriam Knut jeden Tag besuchen. Es entwickelte sich eine Freundschaft und später auch Liebe. Jetzt fuhren beide zu Kongressen. Knut musste in den Rollstuhl, aber seine Arbeit litt nicht darunter. Myriam liebte ihn sehr und es machte ihr nichts aus, dass ihr Mann eine Behinderung hatte. Die Lebenseinstellung von Knut, hatte sich geändert. Er hatte großen Respekt vor Myriam und war dankbar für jede Stunde die er mit ihr verbringen konnte. Eigentlich war Knut glücklicher als jemals zuvor.

Niemand will unser Glück teilen

Brigitte hatte viel durchgemacht im Leben. Ihre kranke Mutter, die sie pflegte bis zum Tod. Kindererziehung und einen Tyrannen von einem Mann, musste sie ertragen, bis auch er starb, vor einem Jahr. Brigitte Reimers war 58 Jahre alt. Noch sehr hübsch und aktiv. Jedoch konnte sie sich nicht mit dem Gedanken abfinden, nie mehr einen Mann kennen lernen zu können. Aber es kam ganz anders. Obwohl ihre Kinder nicht damit zurechtkamen, hatte sie sich unsterblich, in einen gutaussehenden jüngeren Mann verliebt. Der Altersunterschied war nicht gravierend. Nur ein paar Jahre war Brigitte älter. Die Liebe war so groß, dass sie schon nach kurzer Zeit zusammen zogen. Das Internet, hatte diese Beziehung möglich gemacht. Olaf war ein gestandener Mann, hatte studiert und war sehr liebevoll und zärtlich zu Brigitte. Sie lebten in einer kleinen Stadt in Belgien. Eines Tages, sie kamen gerade vom Einkauf zurück, mussten sie feststellen, dass die Haustür aufgebrochen war. Im Flur des Hauses lag ein Brief, auf dem stand, dass es den beiden schlecht gehen würde, wenn sie zusammen bleiben würden. Brigitte und Olaf durchzog ein Schauer. Wie oft wurden sie schon in der letzten Zeit angefeindet. Niemand gönnte ihnen das Glück. Neid und Missgunst bekamen die beiden häufig zu spüren. Warum gönnte man ihnen die Liebe nicht? Man ließ sie einfach nicht in Ruhe. Zum Glück wurde nichts gestohlen. Einige Tage später war der Einbruch fast vergessen, doch es ereignete sich wieder etwas. Das Garagentor war aufgebrochen. Und alles Mögliche an Werkzeug wurde gestohlen. Auch andere wichtige Dinge. Olaf wurde nachdenklich: „Was sind das nur für kranke Menschen?" Brigitte weinte: „Kommen wir denn niemals zur Ruhe?" Auch dieses Mal wurde dieser Vorfall nach einiger Zeit vergessen. Nichts passierte mehr und sie konnten endlich ihr Zusammensein genießen. Leider hatten sie nicht damit gerechnet, dass der Terror per Telefon weiterging. Es klingelte den ganzen Tag. Immer wenn Brigitte den Hörer abnahm und sich meldete, wurde am anderen Ende wieder aufgelegt. Wer war das? Olaf, war das Spielchen leid. Und ließ die ankommenden Anrufe überprüfen. Sie wurden zurückverfolgt.

Eines Tages, klingelte es an der Tür. Ein Polizist stand vor Brigitte. „Mein Name ist Erich Henkel. Ich bin der zuständige Polizist hier im Umkreis. Wenn sie Probleme haben, müssen sie sich an mich wenden. Nun komme ich in einer ernsten Angelegenheit. Sie hatten uns angerufen, dass sie per Telefon weiterhin belästigt werden. Wir haben die Anrufe verfolgt und müssen ihnen leider mitteilen, dass diese Angriffe, von ein und derselben Person durchgeführt wurden. Es war ein Familienmitglied, ihnen bestens bekannt. Frau Reimers...", sprach Herr Müller, „ich muss ihnen sagen, es ist ihr Sohn. Er gönnt ihnen das Glück nicht. Wir müssen da etwas tun, so geht es nicht." Am nächsten Morgen, mussten sie zur Wache und der Sohn von Brigitte Reimers wurde auch geladen. Nach einer gründlichen Aussprache, stellte sich heraus, dass er mit dieser Situation nicht fertig wurde. Seine Mutter hätte sich grundlegend verändert. Sie war nicht mehr die, die er kannte. Nein, sie hatte sich weiterentwickelt, wurde eleganter und schlanker. Er erkannte seine Mutter nicht mehr wieder. Aber ins Geheim war er doch stolz. Brigittes Sohn akzeptierte, dass seine Mutter ein Recht darauf hatte glücklich zu sein.

Jenseits

Gedanken & Trost

Sültz Bücher

R.G.Wardenga

Krimi
Science-Fiction
Liebe
Horror

HOKA HEY

36 Geschichten aus den Jahren 1886 bis 2286

R. G. Wardenga

Sültz Bücher

FSC
www.fsc.org

MIX

Papier aus ver-
antwortungsvollen
Quellen
Paper from
responsible sources

FSC® C105338